다시

만날 수 있어서

참 많이 고맙습니다.

노희경입니다.
2015. 1. 8

지금 사랑하지 않는 자,
모두 유죄

그림 권우희

명지대 영상디자인과 졸업, 홍익대 디자인컨텐츠 대학원에서 공부 중이다.
《어린 왕자》《인생은 멋진 거야》의 표지 및 본문 일러스트, 드라마 〈잉여공주〉와
'바른손카드' 일러스트 작업 등 다양한 분야에서 활발히 활동하고 있다.

지금 사랑하지 않는 자, 모두 유죄

초판 1쇄 발행 2015년 1월 30일
초판 14쇄 발행 2024년 4월 9일

글 노희경
그림 권우희

펴낸이 金湞珉
펴낸곳 북로그컴퍼니
주소 서울시 마포구 와우산로 44(상수동), 3층
전화 02-738-0214
팩스 02-738-1030
등록 제2010-000174호

ISBN 978-89-94197-73-9 03810

노희경 에세이

지금 사랑하지 않는 자, 모두 유죄

북로그컴퍼니

°책을 엮으며°

단지 산문을 잊지 않으려고, 때론 뭔가를 좀 더 기억하기 위해, 고마움을 전하기 위해, 십 년간 틈틈이 기회가 닿으면 써두었던 것인데 그 산문들이 벌써 책 한 권 분량이 되었다. 책을 낸다고 하고서는 다시 찬찬히 읽어보니, 말도 안 되고 문장도 안 되고 더더욱이나 생각의 깊이란 게 너무도 보잘것없는 것이 수두룩하다. 뺄까 말까 하다가, 그냥 둔다. 어차피 지금 쓴 글들도 시간이 가면 지금처럼 낯간지러울 게 뻔하다. 나이가 들어가며 좋은 게 있다. 험한 말로는 뻔뻔스러움이요, 조금 포장을 하면 어떤 성과도 과오도 시간이 가면 다 별것 아니라는 걸 깨닫게 되는 것이다.

늘 감독의 등에 업혀, 연기자들의 어깨에 기대, 스태프들의 팔다리를 부여잡고 한 걸음 한 걸음 떼다가, 혼자 독백하듯 산문들을 쓰고 정리하다 보니, 다시금 그들의 노고에 감사한 마음이 올라온다. 참 세상 거저 살았다. 산문으로 밥 먹고 살려 했다면 어림도 없는 일이지 싶다.

봉수, 시명, 경희, 을, 시진, 윤아, 나의 조카들에게 이 책을 바친다. 모자란 고모를, 이기적인 이모를, 어설픈 애 같은 고모를, 참 이해심 없는 이모를 보며, 부디 너희들이 봐서 좋은 건 닮고 싫은 건 닮지 말기를 간절히 바라면서.

노희경

차례

2부 ◦ 참으로 뜨거운 말씀

3부 ◦ 좀 더 오래 사랑하기

4부 ° 인생은 두 번 다시 오지 않는 것

○ 1부 ○

지난 사랑에 대한 참회

이제야 고백건대, 나는 그대에게 바쳤던 순정을 스무 살 무렵에 이미 접었었다. 그런데 왜 말 안 했냐고? 나는 마음이 변하는 게 큰 죄라 생각했다. 그 어리석은 생각은 참으로 오래갔다. 그래서 그대를 괴롭히고 그대보다 나를 더욱 괴롭혔다.

°지금
사랑하지 않는 자,
모두 유죄。

나는 한때 나 자신에 대한 지독한 보호본능에 시달렸다.
사랑을 할 땐 더더욱이 그랬다.
사랑을 하면서도 나 자신이 빠져나갈 틈을
여지없이 만들었던 것이다.
가령, 죽도록 사랑한다거나, 영원히 사랑한다거나,
미치도록 그립다는 말은 하지 않았다.

내게 사랑은 쉽게 변질되는 방부제를 넣지 않은 빵과 같고,
계절처럼 반드시 퇴색하며, 늙은 노인의 하루처럼 지루했다.

책임질 수 없는 말은 하지 말자.

내가 한 말에 대한 책임 때문에 올가미를 쓸 수도 있다.
가볍게 하자, 가볍게.
보고는 싶지라고 말하고, 지금은 사랑해라고 말하고,
변할 수도 있다고 끊임없이 상대와 내게 주입시키자.
그래서 헤어질 땐 울고불고 말고 깔끔하게, 안녕.

나는 그게 옳은 줄 알았다.
그것이 상처 받지 않고 상처 주지 않는 일이라고 진정 믿었다.
그런데, 어느 날 문득 드는 생각.
너, 그리 살어 정말 행복하느냐?

나는 행복하지 않았다.
죽도록 사랑하지 않았기 때문에 살 만큼만 사랑했고,
영원을 믿지 않았기 때문에 언제나 당장 끝이 났다.
내가 미치도록 그리워하지 않았기 때문에,
아무도 나를 미치게 보고 싶어 하지 않았고,

그래서, 나는 행복하지 않았다.

사랑은 내가 먼저 다 주지 않으면 아무것도 주지 않았다.
버리지 않으면 채워지지 않는 물 잔과 같았다.

내가 아는 한 여자,
그 여잔 매번 사랑할 때마다 목숨을 걸었다.
처음엔 자신의 시간을 온통 그에게 내어주고,
그 다음엔 웃음을 미래를 몸을 정신을 주었다.
나는 무모하다 생각했다.
그녀가 그렇게 모든 걸 내어주고 어찌 버틸까, 염려스러웠다.
그런데, 그렇게 저를 다 주고도 그녀는 쓰러지지 않고,
오늘도 해맑게 웃으며 연애를 한다.
나보다 충만하게.

그리고 내게 하는 말.

나를 버리니, 그가 오더라.
그녀는 자신을 버리고 사랑을 얻었는데,
나는 나를 지키느라 나이만 먹었다.
사랑하지 않는 자는 모두 유죄다.

자신에게 사랑받을 대상 하나를 유기했으니
변명의 여지가 없다.
속죄하는 기분으로 이번 겨울도 난 감옥 같은 방에 갇혀,
반성문 같은 글이나 쓰련다.

니가 30년 동안
사랑을 못했다고 해도

300일 동안
공들인 사랑이 끝났다고 해도

괜찮아.

다시 사랑을 느끼는 건
한순간일 테니까.

— 괜찮아, 사랑이야

◦버려주어 고맙다
—첫사랑에게 바치는
20년 후의 편지。

내 순정에 다쳤을 첫사랑 그대에게.

이제야 그대에 대한 무수한 원망을 내려놓고 비로소 참 많이 미안했었다 참회할 용기가 난다. 미안하단 그 한마디를 하기 위해 난 왜 그렇게 긴 시간이 필요했을까. 자만이 뿌리 깊었나. 아니다, 자기연민이 독했다. 나이가 들면서 늘어가는 건 주름만이 아니다. 살면서 홍역처럼 반드시 거쳐야 할 경험과 남과 별다르지 않게 감당했어야 할 상처들이다. 그러나 그때는 몰랐다. 그대와 주고받았던 모든 것들이 마냥 별스러워 엄살인 줄도 모르고 악을 쓰듯 독하게 킁킁거렸다. 그때 그대는 참으로 냉정했었다. 원망스러웠던 그 순간이 이제야 마침맞은 순리였음을 알겠다.

나를 버려주어 고맙다, 그대.

순간 이 글을 쓰며 겁이 난다. 나만큼 설레지 않고 나만큼 애타하지 않고 나만큼 절절하지 않은 그대에게 나는 늘 이런 식으로 상처를 주었다. 잘났나봐, 무시하나봐, 그런 직설을 내려놓고, '고맙네, 정말' 웃으며 칼 주는. 꼬인 실타래처럼 정말 난감하게 엉켜서 그대를 몰아붙였던 한때를 그대여 지금은 떠올리지 마라. 그리하여 이 글을 읽지 않고 서둘러 덮지 마라. 세월이 변하듯 사람도 변한다. 나는 변했다, 그대. 이제 엉길 기운도 없다. 그냥 있는 그대로 들어라. 고맙다, 정말. 버려주어.

그대와 헤어져 20년이 흘렀다.

그 20년의 세월 안에서 나는 정말 뚜렷이 알아차린 것이 있다. 진실이나 사실이란 말은 함부로 써선 안 된다는 것. 모든 기억은 내 편의대로 조작될 수 있다는 것. 하여, 이제 내가 말하려는 우리 둘 사이에 있었던 에피소드는 어쩌면 또다시 나만의 기억일 뿐 그대와는 무관한 어떤 것일 수도 있다. 그러니 혹여 내 서술이 그대의 마음과 아랑곳없더라도 웃으며 봐달라. 이 사람은 이리 생각했었구나 하고.

그대가 나를 일방적으로 버린 스무 살 겨울, 나는 그대를 배신자로 낙인찍었었다. 매일 전화하고 하루걸러 한 번씩 만나고 서로의 속살도 아닌 드러난 살이 스칠 때에도 머리끝까지 삐죽하던 그때, 그대는 돌연 모든 걸 멈추었다. 전화도 받지 않고, 편지해도 답이 없고, 만나도 확연히 시들해했다. 내가 무엇을 잘못했나요? 내 드라마 주인공은 참으로 상대에게 용기 내어 잘도 묻는데 나는 그대에게 묻지 못했다. 내 잘못을 돌아볼 용기가 없었다. 어리석다. 사랑한 대상을 미워할 대상으로 바꿀 오기는 있으면서.

모든 겨울처럼 밤이 깊은 겨울이었다. 며칠째 몇 주째 연락이 안 되던 그대를 찾아 나섰다. 맨발에 슬리퍼를 신고, 얇은 추리닝 바람이었다. 20년간 나는 그때의 내 행색을 다급함이라고 애절함이라고 포장했지만, 이제야 인정한다.

상처 주고 싶었다.

나는 이렇게 너보다 순정이 있다. 그런데 너는 나를 버렸다. 그렇다면 무참히 무너져주겠다. 내 옆에 머물러 있어야 할 네가 기어이 날 그냥 스쳐만 지나가겠다고, 네가 상처 준 어린 이 사람을 똑똑히 기억하렴. 나는 눈 오는 그대의 집 앞에서 밤을 새워 오들거렸다. 그대는 이층 창문 너머로 나를 물끄러미 보다 커튼을 쳤다. 그리고 몇 달 뒤, 그대에게 전화가 왔다.

나는 대학을 갔어. 말해주고 싶었어.

뚝.

그대 목소리는 나에 대한 죄책감으로 작고 의기소침했다. 반면 내 목소리는 얼마나 당찼던가.

잘됐군.

웃음이 난다. 좀 더 나중까지 사랑한 게 뭐 그리 대단한 유세라고. 이후의 내 행동은 더욱 우스꽝스럽다. 그대랑 헤어지고 나는 이내 A, B를 만나놓고 7, 8년 뒤 다시 그대를 만나서 "아직도 가끔 생각이 나."라고 말했던 거 같다. 그때 그대는 참으로 나를 안쓰럽게 바라보았다. 그리고 자책했었다.

왜 너는 그렇게 순정적인데, 나는 이 모양이냐고. 지금 사랑하는 누군가와도 나는 또 시들해진다고.

나는 기뻤다. 그대가 나랑 헤어져 계속 휘청대서, 그리고 내가 순정적으로 보여서.

그리고 다시 5, 6년 뒤 그대를 보았다. 그대는 여전히 휘청대고 여전히 나에게 미안해하고 여전히 또 누군가와 시들한 상태였다. 그때 나는, "이제 우린 친구야." 하며 내가 그대를 극복하고 우정으로 승화시킨 단계를 서술하며 "넌 왜 그렇게 살아, 좀 더 다른 방식으로 살 수 없어?" 하며 훈계하고 의기양양했던 거 같은데 기억하는지. 그리고 다시 5, 6년이 흘러 지금이다.

미안하다, 그대여.

이제야 고백건대, 나는 그대에게 바쳤던 순정을 스무 살 무렵에 이미 접었었다. 그런데 왜 말 안 했냐고? 나는 마음이 변하는 게 큰 죄라 생각했다. 그 어리석은 생각은 참으로 오래갔다. 그래서 그대를 괴롭히고 그대보다 나를 더욱 괴롭혔다. 그대와 헤어지고 누군가를 다시 만나서도 나는 여전히 그들에게, 그대에게 바쳤던 순정만을 내세우며 유치한 대사를 남발했다.

나에겐 네 자리가 없어.

젠장이다. 그러면서 왜 그들과 여행은 가고, 설레는 눈빛을 주고받고, 짜릿하기까지 했었는지. 그때 나는 그런 아이였다.

그대여, 이제 부디 나에 대한 죄책감에서 벗어나라. 사랑에 배신은 없다. 사랑이 거래가 아닌 이상, 둘 중 한 사람이 변하면 자연 그 관계는 깨어져야 옳다. 미안해할 일이 아니다. 마음을 다잡지 못한 게 후회로 남으면 다음 사랑에선 조금 마음을 다잡아볼 일이 있을 뿐, 죄의식은 버려라. 이미 설레지도 아리지도 않은 애인을 어찌 옆에 두겠느냐. 마흔에도 힘든 일을 비리디비린 스무 살에, 가당치 않은 일이다. 가당해서도 안 될 일이다. 그대의 잘못이 아니었다. 어쩌면 우린 모두 오십보백보다. 더 사랑했다 한들 한 계절 두 계절이고, 일찍 변했다 한들 평생에 견주면 찰나일 뿐이다. 모두 과정이었다. 그러므로 다 괜찮다.

이제 나는 다시 그대와 조우할 날을 기다린다.

그때는 순정을 포장한 가혹한 내 행동들을 맘 아프게가 아닌, 그대와 웃으며 나눌 수 있길 간절히 바라본다. 만약 볼 수 없다면, 잘 살아라, 그대. 그리고 내 걱정은 하지 마라. 나는 행복하다.

사랑은 기쁨만이 아니오,
사랑은 그렇게 옹졸하지 않으니,
사랑은 미움마저 슬픔마저
괴로움마저 안겨 줄 것이네.

노희경

°내 이십 대에 벌어진 축복 같은 일。

청춘이 아름답다는 말이 새빨간 거짓말인 걸 알게 된 건 서른 중반이 훌쩍 넘어서였다. 그 말을 한 사람은 아마도 이십 대에 벌써 푸근하고 짜릿하게 완벽한 애인이 있고, 집안이 유복하며, 하는 일마다 승승장구 잘 풀린 별나도 별난 사람이거나, 청춘에는 청춘이 싫고, 중년에는 중년이 싫고, 노년에는 노년이 싫다고 말하면서 허구한 날 지난날을 그리워하거나, 오지도 않은 날을 기대로 채우는 어리석은 사람일 거라, 나는 단정한다. 단정의 기준은 물론, 내 청춘에 빗대어서다.

십 대의 나는 죽고 싶다는 생각과 내 자신이 쓰레기 같다는 생각과 담배를 피우고 싶다는 생각과 미치게 망가지고 싶다는 생각, 그리고 빨리 학교를 탈출하고 싶다는 생각이 전부였다. 그리고 가끔 성실하게 공부 잘하는 친구들과 환하게 웃는 친구들이 부러웠다. 요즘 같이 사는 조카 놈들에게 나는 빽하면 '너는 대체 뭐가 그렇게 불만이라 맨날 입이 댓 발이냐?'는 말을 한다. 놈들은 서운하겠지만 나는 그 말을 부모님으로부터 내가 한 것에 열 곱절은 들었다.

이십 대는 아주 좀 나았다. 일단 담배를 피울 수 있게 됐고, 연애를 하면서 학교를 맘대로 땡땡이치면서 원하는 대로 좀 망가질 수 있었기 때문이다. 그러나 나는 여전히 사는 게 재미없었다. 애인들은 툭하면 내가 싫다고 떠났고, 친구들도 게으른 나를 비웃고, 전공으로 택한 시는 지도교수로부터 대부분 엉망이란 말을 들었다.

곧 사회로 내몰릴 건데, 아버지처럼 무능력자가 될지도 모른다는 공포감에 하루가 멀다고 가위에 눌렸다. 진흙탕을 헤매는 꿈 그러나 악 소리는 나오지 않는, 이와 이가 어긋나게 맞물려 턱이 으스러져라 아픈 꿈, 전쟁이 났는데 가족들을 모두 잃어버리고 어릴 적 심심하게 배회하던 동네를 혼자 울며 걷는 꿈. 꿈마다 악몽이었다.

그도 당신도 그들조차도
나처럼
힘든 세상 대견하게
견디어 내고 있다.

노희경

졸업을 하고, 정말 푼돈을 주는 회사에 들어가서도 나는 여전히 우울했다. 상사가 맘에 안 들고, 동료가 맘에 안 들고, 그게 아니면 회사가 망하고. 그러다 어머니가 위암 말기 판정을 받으셨다. 내 나이 스물다섯, 어머니 쉰다섯의 일이다.

나는 아마 그때부터 조금 변하기 시작했던 거 같다. 어머니가 곧 죽게 될 그 시점에. 친구도 안 만나고, 야근도 좀 줄이고, 발병에서 투병에서 임종까지, 나는 대개의 시간을 어머니와 함께했다. 그리고 아마 처음으로 나 자신에게 질문다운 질문을 했던 거 같다.

이제 너는 어떻게 살래?

세상에서 너를 믿어준 단 한 사람이 가는 이 시점에서, 네가 욕했던 아버지처럼밖에 못 사는 지금의 이 시점에서, 때로는 아버지보다 어머니에게 더 잔인했던 너는, 이제 어떻게 살래? 계속 이렇게 살래? 아님 한 번이라도 어머니 맘에 들어보게 살래?

참 울기도 많이 했지만, 그때 알았다. 나는 뭐든 할 수 있을지도 모른다. 적어도 내가 원한다면. 늘, 어머니가 참 간절히 해주셨던 말이 그제야 가슴에 왔다.

"네가 뭘 못해? 하면 하지.
해보고 말해, 해보지도 않고 말로만 말고."

어머니가 돌아가시고 회사를 접고 드라마 작가가 되기까지는 1년 반 남짓밖에, 얼마 걸리지 않았다. 임종의 충격요법이 독했다. 어머니의 임종이 청춘의 방황에 종지부를 찍게 한 축복이었다고 나를 아는 지기들은 앞다투어 말한다. 자식 철들게 한 대가가 너무 크다고도 말한다. 나는 그만 말 말라고 하고 싶지만, 그것은 사실이다.

나는 요즘 청춘들에게 이런 말을 자주 한다.

"나는 나의 가능성에 대해 잘 알지 못한다."

선불리 젊은 날의 나처럼 많은 청춘들이 자신을 별 볼 일 없게 취급하는 것을 아는 이유다. 그리고 당부하건대, 해보고 말하는 것이 중요하지만, 해도 안 되는 것이 있는 게 인생임도 알았음 한다.

근데 그 어떤 것이 안 된다고 해서 인생이 어떻게 되는 것은 또 아니란 것도 알았음 싶다. 매번 참 괜찮은 작품을 쓰고 싶고, 평가도 괜찮게 받고 싶어 나는 애쓰지만, 대부분 내 기대는 허물어진다. 그런데 나는 100퍼센트는 아니지만, 70퍼센트는 괜찮다고 생각한다. 뭐 어쨌건 밥은 먹고 사니까. 그리고 그 순간엔 나름 최선을 다했다고 생각하니까. 자기합리화라 해도 뭐 어쩌겠는가. 자기학대보단 낫지 않은가.

나도
나이
들고
싶다,

나이 들면 누나처럼 그렇게 명쾌해지나?

지금, 이 순간, 이 인생이

두 번 다시 안 온다는 걸 알게 되지.

— 굿바이 솔로

○부모도
자식의 한이
되더라。

어머니가 돌아가시기 전, 나는 그녀가 내 한이 되리라고는 미처 상상하지 못했었다. 그러나 그 시절, 분명 나는 그녀의 한이었을 것이다.

내 어머니는 순하디순한 분이셨다. 그 순함이 정도를 지나쳐 아마도 모르는 사람이 그녀를 봤다면 조금 모자란다 하였을 것이다. 그녀는 젊어서는 자식들 잡기를 쥐 잡듯 하여 제 성질을 못 이기더니, 오십 줄에 접어들면서부터는 희한하게도 갑작스레 흰머리가 늘고 주름이 지는 상늙은이가 되더니만, 싫고 좋고도 없는 마냥 무골인이 되었다.

그런 그녀의 변화를 두고 자식들은 저마다 의견이 분분했지만, 결론은 극악한 삶의 고통이 그녀를 지치게 하지 않았겠느냐 그리 맺었다.

오십에 그렇게 기운이 쇠하기 시작한 그녀는, 이후 누가 막말을 해도 성을 안 내고, 누가 옆에서 까무러쳐도 별 관심을 보이지 않더니 오십 중반에 덜컥 암에 걸렸다. 그러곤 별로 내색도 않더니만 1년 반의 짧은 투병 기간에도 자식들이 헉헉대자, 삼 일간 혼수상태로 있다가 날 좋은 날 가볍게 눈을 감았다.

나는 지금도 임종 때의 그녀를 기억한다.

그녀는 편하게 웃지도, 고통스럽게 보채지도 않고 아주 건조하게 돌아가셨다. 그녀가 저세상으로 간 지 이제 5년. 우리의 이별은 아름답지도 않았고, 슬프지도 않았다. 나는 그때 어머니의 장례를 치르며 오직 한 생각뿐이었다. 모든 의식이 어서 끝나고 잠이나 실컷 잤으면, 잠이나 실컷 잤으면 그 생각뿐이었다.

나는 어머니를 사랑했다. 지금도 나는 어머니를 사랑한다.

'죽은 자를 사랑하지 마라. 죽은 자 맘 아파 이승 문턱 못 넘을라.'

내가 매일 어머니를 부여잡고 놓지 않는다는 걸 알고, 한 스님이 내게 이런 식으로 충고하셨다. 그 충고에 나는 옳다구나 싶었다.

'그래, 가지 마라. 어머니 저승에 가지 마라.

넋이라도 이승에 남아 나랑 먹고 놀자. 나랑 먹고 놀자.'

누구는 내 말이 말이 안 된다 할 것이다. 제 어미 죽는 날 그리 잠만 밝혔다며, 사랑한다는 건 뭐고, 저승까지 가지 말라니 그건 또 무슨 말인가? 그렇다. 이건 분명 말이 아니다. 그러나 나는 정말 그랬다.

나는 술도 안 마시면서 곧잘 했던 말을 또 하고 했던 말을 또 하는 못된 버릇이 있다. 어머니가 돌아가시고 난 다음 그 버릇은 더욱 중증이 되었다. 내 지기들은 모두 열댓 번씩 들은 말을 나는 지금 또 하려 한다.

어머니 돌아가시기 한 열흘 남짓 전의 일이다. 그날은 토요일이었다. 그날 나는 일찍 퇴근해 어머니와 아버지, 그리고 지금은 우리 집의 수양딸이 된 고아 친구 향이와 성남문화회관에서 하는 공옥진 여사 공연을 보러 갔었다. 어머니 생전에 처음 하는 공연 구경이었고(참말이다.

물론 동네 약장수 구경은 한 적이 있었지만, 일금 만 원짜리 공연 구경은 처음이었다), 내 생전에 어머니와 같이 본 처음이자 마지막 공연이었다.

우리는 그 공연을 참 즐겁게 봤다. 분수에 안 맞게 택시를 타고, 분수에 안 맞게 공연 도중 걷는 불우이웃돕기 성금을 만 원씩이나 내면서, 분수에 안 맞게 호탕하게 웃어젖혔다.

그때가 기억난다. 나는 그냥 웃는데, 내 어머니 구경하는 모습이 가관이었다. 아이처럼 눈을 동그랗게 뜨고, 남들 웃는 대목에서 괜스레 눈이 붉어지며 박수를 치는데, 그 소리가 정말 우렁찼다. 그때 나는 스스로를 대견하게 생각하면서, 그래도 내가 참 효녀 짓을 했구나 싶었다.

우리는 공연 구경을 다 하고, 오천 원이나 하는 공옥진 목각을 사고 일식집으로 갔다. 부모님을 대접하는 첫 자리였다. 참, 일식집에 가기 전, 내 호의가 과했는지 아버지는 한사코 집에서 밥 먹지 돈 주고 밥을 왜 사 먹느냐 했고, 어머니는 우리 막내딸이 뭘 사줄까 보자며 선뜻 가자 했다.

속없는 어머니.

사실, 그즈음 내 주머니는 허당이었다. 그러나 한 번 한 말을 도로 담아 넣을 수도 없는 일, 나는 일식집 문을 너무도 당당하게 열어젖혔다. 그리고 주문을 했는데, 알탕에 생선초밥, 그게 전부였다. 음식이 나오고, 빈약한 상차림에 스스로가 멋쩍어 나는 서둘러 먹자 하고 먼저 수저를 들었다. 그런데, 한참을 아버지와 나 그리고 향이가 수저질을 하는데도 어머니는 도통 가만히만 계셨다. 음식이 마음에 안 드시나 싶었다. 다른 걸 시켜드릴까 싶었다. 상차림이 민망해 어머니 얼굴을 못 보고, 나는 그리만 생각했었다. 그러다 용기를 내어 어머니 얼굴을 봤는데, 그 눈을 봤는데, 눈물이 그렁해 울고 계셨다. 눈물이 날 만큼 좋으셨던 것이다.

'내가 언제 이런 사랑 받아나 봤겠니.'

내 어머니는 그렇게 싸구려 효도에도 감동하는 그런 분이었다. 나는 지금도 그때 일을 두고두고 못 잊는다. 내 얼마나 그녀 알기를 소홀히 했던가.

참 묘하다.
살아서는 어머니가 그냥 어머니더니,
그 이상은 아니더니,
돌아가시고 나니 그녀가
내 인생의 전부였다는 생각이 든다.

그래도 그녀 없이 세상이 살아지니 참 묘하다.

드라마 〈세상에서 가장 아름다운 이별〉은 픽션이다. 내 아버진 의사도 아니요, 난 연수처럼 고분고분한 딸도 아니었다. 그러나 난 이 글을 쓰며 참 많이 울었다. 드라마 속의 김인희, 그녀는 내 어머니에 다름 아니었기 때문이다. 나는 이 글을 쓰며 내가 그녀의 못난 한이었듯, 그녀 역시 이제 와 내겐 다 못한 사랑의 한이 된다는 걸 알았다.

나는 바란다.
내세에 다시 그녀를 만난다면,
다시 그녀의 막내딸이 된다면,
더 바랄 것이 없겠다.

내가 그녀를 사랑했다는 걸, 목숨처럼 사랑했다는 걸 그녀는 알았을까. 초상을 치르면서는 잠만 잤어도, 지금까지 숱한 날들을, 그녀로 인해 울음 운다는 걸 그녀는 알까.

제발 몰라라.
제발 몰라라.

아픔의 기억은 많을수록 좋다.

나는 경남 함양 산골에서 가난한 집안의 칠 형제 중 여섯 번째로 태어났다. 내 출생은 그다지 경사스런 일이 아니었다. 뱄으니 낳을 뿐, 기대도 기쁨도 없는 출생이었다. 있는 자식도 하루 세 끼 밥 먹이기가 버거운데, 또다시 자식이라니.

모르긴 몰라도 어머닌 날 낳으시고 우셨을 것이다. 암죽이 서 말이라고, 젖먹이가 돈이 더 드는 법 아닌가.

하여, 나는 태어나자마자 강보에 싸인 채 윗목에 올려졌다. 군불 닿지 않는 윗목에서 사나흘 있으면 제 스스로 목숨줄이 떨어져 나가 집안의 고단을 덜어줄 거다, 할머닌 우는 어머니를 밀치고 나를 윗목에 놓고는 누구든 애를 건사하면 혼쭐이 날 거다 하셨다 한다.

나는 한겨울 싸늘한 윗목에서 그렇게 보름을 있었다. 그런데도 나는 살아남았다. 기적은 아니었다. 큰언니가 어머니의 사주를 받아 할머니가 밭에 나가고 들에 나간 시간 생쌀을 씹어 내 입에 넣어주었던 것이다.

내 수난은 여기서 끝나지 않는다. 나는 이후 집안이 위태로울 때마다 짐처럼 여겨졌다. 내 기억이 확실하다면 네 살 무렵에 효창동 주택가에 어머니가 나를 버리고 돌아서신 적도 있었다. 물론 착하고 여린 어머닌 몇 걸음 못 가 나를 다시 끌고 집으로 돌아오셨지만. 그때, 집으로 돌아와 내 등짝을 후려치며 하시던 어머니 말씀이 아직도 귓가에 쟁쟁하다.

"애미가 널 버리고 가는데, 어째 울지도 않느냐."

이후 나는 마치 나를 버리려 했던 가족들에게 복수라도 하듯 정말 지겨우리만치 그들의 속을 썩이기 시작했다. 초등학교 4학년 때 담배

를 배우고(물론 들키는 바람에 이내 피울 수 없게 됐다), 고등학교 땐 못 먹는 술을 먹어 병원에 입원까지 하고, 툭하면 사고를 쳐 어머니가 학교에 불려 다니고, 대학은 재수를 하고, 셀 수도 없이 집을 나가 떠돌고.

내가 기억하는 잘못만 이러한데, 기억하지 못하는 잘못들은 또 얼마나 많겠는가. 이런 연고로 나는 사흘돌이 '천하에 쓸데없는 계집애'란 말을 들으며 성장했다. 가족들은 물론 친구들조차도 나를 물가에 내놓은 아이처럼 보았다. 오죽했으면 직장에 들어가 첫 월급을 타던 날, 친구가 내 손을 잡고 '네가 사람이 됐구나' 하며 울었겠는가.

그 시절은 이제 와 내게 좋은 글감들을 제공한다. 나는 한때 내 성장 과정에 회의를 품은 적도 있었지만, 지금은 아니다. 내가 만약 가난을 몰랐다면 인생의 고단을 어찌 알았겠는가. 내가 만약 범생이였다면 낙오자들의 울분을 어찌 말할 수 있었겠으며, 실패 뒤에 어찌 살아남을 수 있었겠는가.

나는 작가에겐 아픈 기억이 많을수록 좋단 생각이다. 아니, 작가가 아니더라도 그 누구에게나 아픈 기억은 필요하다. 내가 아파야 남의 아픔을 알 수 있고, 패배해야 패배자의 마음을 달랠 수 있기 때문이다.

하지만 이런 생각을 갖는 내게도 후회가 없는 것은 아니다. 어머니 살아 계실 때 밥벌이하는 모습이라도 보여드렸다면 좋았을 것을. 지금, 방황하는 사람들, 그대들의 방황은 정녕 옳은 것이다. 그러나, 그대의 어머니가 살아 있는 그 시기 안에서 부디 방황을 멈추라. 아픈 기억이 아무리 삶의 자양분이 된다 해도, 부모에 대한 불효만은 할 게 아니다.

대학 때 가출한 나를 찾아 학교 정문 앞에서 허름한 일상복으로 서 있던 어머니가 언제나 눈에 밟힌다. 그때도 이후에도 왜 난 그분께 미안하단 말 한마디를 못했을까.

바라건대, 그대들은 부디 이런 기억 갖지 마라.

어른이 된다는 건
상처 받았다는 입장에서
상처 주었다는 입장으로 가는 것.
상처 준 걸 알아챌 때
우리는 비로소 어른이 된다.

노희경

• 그 뒤의 이야기 •

이 글이 나가고 한참 후에 나는 큰언니로부터 충격적인 사실 하나를 얻어들었다. 내 출생 당시의 이야기가 거짓이라는 것이다. 엄마로부터 전해 들은 이야기를 쓴 건데, 그럼 엄마가 거짓말을 했다고? 가슴이 쿵 했다.

큰언니의 말은 이랬다.

엄마는 당시 자식을 원하지 않았다. 더구나 딸은 더더욱 원하지 않았다. 가난한 살림에, 남편은 애나 만들어주러 집에 들를 뿐 생계는 아랑곳없는 사람인데, 다섯도 모자라 여섯째라니, 것도 자기 팔자 닮을 게 뻔한 계집아이라니.

엄마는 나를 낳아놓고, 칼바람이 돌게 앉아 있다가 나를 윗목에 놓았다 한다. 엄마와 열일곱 살 차이밖에 나지 않는 큰언니와 스물한 살 차이밖에 나지 않는 큰오빠는 그런 엄마가 무서웠다고 한다. 어떻게 제 자식을 윗목에 놓아 죽이려 하나. 할머니는 그런 엄마를 이해할 수 없다고 악다구니를 쓰셨다 한다.

그러고는 할머니의 사주로 큰언니가 생쌀을 씹어 나를 멕이고, 그래서 연명하는 날 보고 할머니가 엄마에게 간곡히 말했다 한다.

"애가 저리 놓아두어도 아니 죽으니, 그냥 키워라."

가해자가 완전 뒤바뀐 이 끔찍한 이야기를, 별로 알아서 좋을 것도 없는 이 이야기를 큰언니는 왜, 무엇 때문에 내게 하는 것일까? 이 사실을 몰랐다면, 전에 전에 엄마에게 내가 깊은 사랑을 받았었구나, 아파도 예쁜 추억 하나 생기는 건데.

이야기를 들은 첫날, 나는 이불 속에서 잠시 혼란스러웠다. 그러나 이내 이렇게 정리가 됐다.

그때 내 어머니의 나이는 서른한 살의 꽃다운 나이. 자식은 여섯에, 남편은 남만 못한 남자. 힘도 들었겠다. 자식이 짐스럽다 못해 원망도 스러웠겠다. 없었으면 천 번 만 번도 바랐겠다. 굳이 출생 즈음의 이야기는 안 해도 되는 걸 거짓말까지 해가며 나에게 해준 건, 죄의식이었겠다. 너무도 미안해서였겠다. 이후에, 나를 참 예뻐라 했으니, 그것으로 다 됐다.

생각을 이렇게 말끔히 정리하고 잠이 들며 나는 내가 참 컸구나 싶었다. 가만 생각해보면 세상에 이해 못할 게 뭐 그리 많겠나 싶다. 다만 상대의 마음을 잘 알지 못했을 뿐이지. 큰언니의 저의도 이해가 갔다. 내가 너를 살린 거라고. 그렇다. 큰언니는 늘 나를 살렸다. 작은언니도, 큰오빠도, 작은오빠도, 막내언니도 늘 나를 살렸다. 참 예쁜 형제들. 그리고 불쌍한 울 엄마.

엄만
세상에서
뭐가
젤로 젤로
힘들어?

자식이 힘든데,
아무것도 해줄 게 없는 거.

— 꽃보다 아름다워

°나는 결코
〈거짓말〉을
잊을 수 없다。

내가 정말 〈거짓말〉을 잊을 수 있을까?

사랑했던 기억이 있다. 내가 원한 것도, 그가 원했던 것도 아닌데 끝나버린 사랑을 했던 기억이 있다.

참 많이 아팠었다. 그의 학교 앞을, 집 앞을 오래 서성였다. 가끔 친구들 말에 의하면 그 역시 나처럼 오래 내 주위를 서성였다 했다. 하지만 다시 만날 수 없었다.

드라마 〈거짓말〉이 종방됐다. 나는 지금 미워서 헤어진 게 아니라, 인연이 다해서 헤어진 그 사랑처럼 〈거짓말〉의 종방을 맞이하고는 아프다.

사랑할 때 자만하고 끝난 뒤에야 자신의 미흡함을 깨닫듯, 스스로 작품에 소홀했던 부분들을 문득문득 발견하면서, 〈거짓말〉을 못 잊고, 옛날 그의 집과 학교 앞을 서성였듯 통신에 접속하고 드라마에 관한 기사를 읽는다. 봐도봐도 질리지 않았던 애인을 상기하며 천 원짜리 비디오테이프에 녹화된 드라마를 보고 또 본다. 그러다 순간 꺼버린다. 우린 이제 인연이 다했다. 그것을 안다. 다시 만날 수 없으리라.

서른셋의 나이에 남편도 없고, 아이도 없고, 연애도 하지 않은 내게 드라마를 쓰는 일이란 감히 삶의 전부다. 10개월 동안 〈거짓말〉을 몸 안의 일부처럼 사랑하면서 연애하는 기분이었다. 글 쓰는 내내 투정하지 않았다. 힘들어하지 않았다. 사랑은 겸허해야 한다고 믿었기 때문이다. 사랑하는 마음으로도 감사했다.

〈거짓말〉은 내가 지금껏 쓴 드라마 중 가장 시청률이 저조한 드라마였다. 그런데 난 왜 이 드라마를 사랑했던 걸까?

해답을 찾기 위해 그 과정을 거슬러 올라가본다.

〈거짓말〉을 만든 사람들은 예뻤다. 감독은 깊은 눈으로 작품을 이해했고, 이해되지 않을 때는 화내지 않고 고민했다. 그는 일을 했던 게 아니라 〈거짓말〉을 사랑하고 있었다. 느낄 수 있었다.

성우 역의 배종옥 씨를 캐스팅했을 때가 생각난다. 그녀는 시놉시스를 읽고, 이 드라마의 말미에 성우처럼 사랑이 있다라고 믿었으면 좋겠다고 했다. 후일 들은 얘기지만 그녀는 성우를 제 마음에 두기 위해 울고 또 울었다 했다.

은수 역을 한 유호정 씨에게 은수를 설명하던 때를 또 기억한다. 그 큰 눈을 껌벅이며, 정말 은수처럼 천진하게 좋아하던 그녀는 이 작품이 당분간은 마지막이 될 거라 했다.

준희 역을 한 이성재 씨는 힘들다고만 했다. 응석이 아니었다. 준희의 삶을, 그의 사랑 방식을 이해하고 있었다. 버거웠을 것이다. 머리가 아닌 마음을 내는 일은 늘 그렇듯 고단한 것 아니겠는가.

이제 정말 〈거짓말〉을 잊고 싶다. 첫 사람을 버리고 두 번째 사람에게 갔을 때 첫 사람을 품고 가면 안 되듯, 다음 드라마는 〈거짓말〉을 잊어야만 쓸 수 있기 때문이다.

어려서는 세상에 사랑이 한 번만 오는 줄 알았다. 그게 아니었다. 나는 이제 〈거짓말〉을 잊고, 또 다른 드라마를 사랑하려 한다. 사람들은 묻는다. 다음엔 어떤 드라마 쓸래요? 말한다. 나도 몰라요. 하지만, 믿는다. 첫사랑에 목숨 건 사람은 두 번째도 목숨을 건다고. 나 자신은 다음 드라마도 목숨 걸어 사랑하리라는 것을.

그런데 내가 정말 〈거짓말〉을 잊을 수 있을까?

미치게,
죽기 살기,
아낌없이, 미련 없이.

〈거짓말〉을 집필할 당시, 내 나이 서른두 살이었다. 극 중 성우가 나보다 한 살 많았다. 스물아홉 살에 데뷔한 뒤, 일거리가 없어 1년을 백수로 지냈다. 그 후 나는 1년 반을 단막극 〈세리와 수지〉, 4부작 〈세상에서 가장 아름다운 이별〉, 또 다른 단막극 〈아직은 사랑할 시간〉 그리고 44부작 수목 연속극 〈내가 사는 이유〉까지 정말 한시도 쉬지 못하고 미친 듯이 달리기만 했다.

지금 생각해보면 이때 내게 주어졌던 시간들은 단순히 힘들게 얻은 기회를 놓치지 말아야겠다는 집착, 작가로서 출세를 해야겠다는 욕망, 그로 인한 불안감과 두려움, 초조함, 이미 선불을 받았으니 반드시 글을 써야 하는 부채감까지 겹쳐 정작 글보다는 악몽에 시달리게 한 시간들이었다.

그러다 보니 밥 먹는 시간이 아까워 환자용 캔 죽을 방 안 가득 쌓아 두고 먹었으며, 새벽 세 시든 네 시든 일을 끝내도 건잡을 수 없는 이상한 기분에 사로잡혀 펜을 놓지 못하기 일쑤였다. 그뿐이 아니었다. 즐기지도 못하는 당구를 치기도 했고, 주변에 사는 친구들을 들들 볶아 승자도 패자도 없는 카드만 줄곧 쳐댔다. 언제 제대로 잠이라는 것을 청했는지는 기억조차 없다. 대부분 글 쓰던 중간중간에 기절한 사람마냥 곯아떨어져 두어 시간 쪽잠을 잘 뿐이었다. 그러고는 가위에 눌려 잠에서 깨고, 다시 캔 죽으로 식사를 때우고, 컴퓨터에만 들러붙어 앉아 있었다. 가족들을 만나 마음 편히 놀아본 기억도 없고, 친구들을 배려한 적은 더더욱 없었으니 즐거움이 내 주변에 있기나 했으랴?

어느 날, 문득 이런 생각이 들었다. '내가 왜 글을 쓰지? 지금 이 순간 글에 몰려 살아가는 나는 행복한가? 이러자고 작가가 된 게 아닌데. 나는 지금 쓰고 싶은 글을 쓰고는 있는 것일까?'

지금도 생생하다. 30킬로그램을 갓 넘긴 저체중의 나, 노희경이 지하 방 한구석에 쭈그리고 앉아 망연자실한 심정으로 스스로에게 묻고 또 묻기만 했던, 감출 수 없는 생생한 기억….

그러다가 드라마 〈거짓말〉을 생각해냈다. 〈내가 사는 이유〉는 수정만 남겨놓고 있었으며 방영은 이미 30부쯤 하고 있던 시점이었다. 감독에게 무슨 얘기를 쓰겠다고, 아니 그런 얘기를 쓰고 싶은데 함께해주겠냐는 상의 한 번 없이, 방송국에 이런저런 이야기를 써도 되겠느냐고 묻지도 않고서, 나는 주섬주섬 글을 썼다. 아니 써야만 했다.

지나간 사랑에 대한 참회록! 그가 아닌 나에 대한 참회록! 왜 나는, 아니 나와 사랑했던 상대들은 왜 그렇게 모질고도 극악하게 결별해야만 했던 것일까? 한 번쯤은 미안하다 잘못했다, 라고 말했어야 하는 것 아닌가? 그는 나에게, 나는 그에게 한순간만이라도 참 많이 고마웠다는 말을 했어야 하지 않는가? 글을 쓰기 전, 적어도 이 질문들에 대해 속 시원히 이야기해줄 답글 같은 것들을 쓰고 난 후, 새로운 무언가를 써야 하지 않나? 그런 질문에, 또 이어지는 질문이 〈거짓말〉을 쓰게 한 최초의 힘이었다.

대중을 상대한다지만 대중은 없고, 당시에는 오로지 '나'와 '그'만 있었다. 그 어긋남을 고민할 여유조차 없었다. 고민보다 손이 빨랐고, 글이 빨랐으며, 버거운 질문들을 털어내려는 욕망이 나를 이겼을 뿐이었다.

〈거짓말〉은 '거짓말같이 아름다운 사랑'을 줄인 표현이다. 내가 아름답지 못한 사랑을 했으니, 그 이야기를 작품에 담아내고 싶었다. 작품이 살아 움직여야 했던 목적은 단순히 그것뿐이었다.

온순하면서도 섬세한 감성을 지닌 표민수 감독은 내 이야기에 눈물로 동조해주었고(왜 그랬는지는 모르겠다), 나의 모자란 부분을 감독으로서 차곡차곡 채워주었다. 표 감독의 이런 지지가 없었다면 나는 〈거짓말〉을 완성해낼 수 없었으리라…. 그렇다면 작품은 아름다웠어야 한다. 결과는 아프기만 했다. 사람들은 그렇게 말했다.

아픔으로 지난 사랑을 참회할 수 있을까? 지금 누군가 그렇게 묻는다면 단연코 아니라고 할 것이다. 그런데 그때는 그만한 것이라도 내게는 위안이 되었다. 내가 아프니까, 지나간 모든 사랑아 날 용서하렴, 이라며 치졸하게 매달렸다.

방송국에서는 이 이야기로 드라마를 만들 수 있겠냐며 적극 만류했다. 동료 작가들은 마스터베이션 같은 글, 자기만족과 드라마를 구분조차 하지 못하는 초보라는 질

타를 내게 쏟아부었다. 그런데 나는 정말 그런 말에 상관조차 하지 않았다. 사실 그 말들은 무조건 맞는 말이었으니까.

표 감독에게 그런 말을 했던 기억이 난다. '이 글 때문에 내게 두 번 다시 일감이 주어지지 않더라도, 나는 상관없어. 그냥 쓸 거야.' 표 감독이 나를 가만히 쳐다보더니, 고개를 끄덕이고는 손을 덥석 잡았다. 당시 우리는 생계를 무시해도 괜찮을 만큼 젊었다. 언제 그런 무모한 시도를 해보겠는가? 그때가 아니면….

그래도 내게 행운은 있었는지 편성이 잡혔고, 방영 두 달 전 20부작 완고를 끝냈다. 〈내가 사는 이유〉가 종영되고 두 달 정도 지난 시점이었나 보다. 굶어도 쓰고, 죽어도 쓰고… 이게 마지막이라도 쓴다는 다짐으로 잠도 청하지 않고 미친 듯이 글만 썼던 기억이 난다. 그러다 아프면 엉엉 울기도 많이 했다. 이제는 지쳐 울지도 못하는데 그때는 젊었기 때문에 눈물도 넘쳐났다. 오죽하면 표 감독만 만나면 카페에서 울어댔으니, 주변 사람들이 우리를 연인으로 오해하는 것은 당연지사였다.

성우를 사랑했다. 은수를 사랑했다. 준희를 사랑했다. 대본 연습실에 가면 나는 대본을 펴 들지 않아도 될 만큼 대본을 전부 외웠다. 영희를, 현철을, 동진을, 세미를, 장어를 사랑했다. 사랑한 것이 전부였다. 시청률은 그다지 신통치 않았지만, 10년이 지난 지금도 나는 〈거짓말〉을 쓴 노희경으로 남았으니… 그걸로 됐다.

나는 〈거짓말〉로 참 많은 것을 얻었다. 영원한 파트너 표민수를 얻었고, 정말 따뜻한 동료 기민수(당시 조연출, 〈굿바이 솔로〉 감독)를 얻었고, 절친 배종옥을 얻었다. 집필부터 방영까지 1년이란 시간 동안 그만큼 얻었으면 나는 마음 부자가 아닌가 싶다. 그러니 고개 숙여 모두에게 감사한다. 그러나 지난 사랑에 대한 참회는, 내게 여전히… 숙제다.

미치게 사랑하고, 죽어라.

사랑하고, 아낌없이 사랑하고, 부족함이 없이 사랑하면, 후회도 미련도 없다.

나는 〈거짓말〉을 그렇게 사랑했다.

나한테 사랑은
그 사람 땜에 잠 못 자고,
가슴 설레고, 참 많이 아픈 거예요.
사랑이 뭔지 나도 잘 모르겠지만...
그래도 내 생각에는요,

사랑은 있어요.

— 거짓말

○ 2부 ○

참으로 뜨거운 말씀

'뭐든 해서 한 번 먹었음 됐지, 뭘 두고두고 먹나? 니가 한 번 먹음 나머진 남들도 좀 줘야지!' 참으로 뜨거운 말씀이다. 그래, 나 한 번 먹음 됐지, 뭘 두고두고 먹나. 남들도 좀 줘야지. 말씀 없는 분이 귀에 못이 박히도록 말씀을 하셨다.

◦불량한 피자두의 맛。

먹을 것도 없었다. 자존심도 없었다.

초등학교 저학년 시절, 나는 남루하고도 비루한 아이였다. 당시의 나는 늘 먹을거리에 껄떡댔다. 남이 뭐 먹을 때 넘겨다보는 게 가장 추접스럽다고 하는데, 그건 먹고 있는 작자들의 입장이고 넘겨다보는 작자 입장에선 그것도 호사였다. 그때 나를 가장 유혹했던 불량식품은 딱딱하고 푸른 자두를 카바이드로 슬쩍 익혀 사카린과 핏빛 식용물감으로 물들인 일명 '피자두'였다.

피자두는 사카린이 주는 불량한 단맛도 맛이었지만, 와작 하고 깨물면 입가에 핏빛 물감이 뚝뚝 흘러 당시 유행하던 텔레비전 프로그램 구미호를 무서워하던 친구들을 놀릴 수 있는 장난감이기도 했다. 하지만 나는 늘 먹고 싶은 그것을 먹을 수 없었다. 어린 시절에 늘 먹고 싶은 걸 먹을 수 없는 것만큼 괴로운 일이 또 있을까. 청년기에 애인을 하루 이틀 못 보는 괴로움은 거기에 비할 바가 못 된다. 아무튼 나는 피자두가 너무 먹고 싶어 급기야 도둑질까지 감행하기에 이르렀다.

도둑질의 목적지는 단골가게 지연네. 어느 일요일 아침부터 낮까지 나는 그 집 앞에 앉아 땅바닥에 괜한 그림을 그리며 호시탐탐 기회를 노렸다. 그러고는 순둥이 아줌마가 잠시 변소에 간 사이 재빨리 한 알을 훔쳐 동네 후미진 골목으로 뛰었다. 그리고 죄의식도 없이, 아작아작 피자두를 씹었다.

어찌나 맛있던지!

나는 그것을 다 먹고는 '딱 한 알만, 더' 하는 욕심으로 다시 지연네 앞을 어슬렁거렸다. 근데 그때 아줌마가 대뜸 날 불렀다. 혹시나 싶어 놀라 고갤 들었는데, 아줌마가 '이거 먹어라' 하시며 피자두 한 알을 건

네시는 게 아닌가. 나는 너무 좋아 고맙단 말 한마디 할 겨를도 없이 그것을 받아들고 이번엔 집으로 냅다 뛰었다.

그러고는 피자두를 먹으며 구미호를 흉내 낼 요량으로 거울 앞에 섰는데, 가관이었다. 훔쳐 먹은 피자두의 흔적이 입가는 물론 이 사이사이까지….

'아줌마가 내 도둑질을 알았구나.'

아침부터 낮까지 가게 주위를 맴돈 어린 도둑에게 아줌마는 매 대신

피자두를 주었구나 싶어 아팠다. 왜 나는 그 착한 아줌마의 피자두를 훔쳐 먹었나 싶어 내가 미웠다. 그래서 거울 속의 나를 보고 울면서 피자두를 먹었다. 그러고는 다시 그 집 물건을 훔치지 않았다.

지연네 아줌마, 그분은 이제 이 세상 분이 아닐 것이다. 아줌마에게 짧은 연서를 보낸다.

"아줌마 고맙습니다. 저한테 불량식품을 주셔서. 저는 아줌마네 불량식품을 사 먹고 훔쳐 먹고, 참으로 불량하게 자랐습니다. 불량하게 자라니 불량해서 외로운 많은 불량한 이들과 어울릴 수 있어서, 그들을 이해하기 쉬워 참으로 좋네요. 진정 고맙습니다."

°당신이 좋아할 것 같아서 —바그다드 카페。

1993년 겨울, 나는 본가를 나와 불광동 허름한 다세대주택가의 반지하방에 살고 있었다. 말이 좋아 원룸이지 주방과 거실, 화장실이 열 평 남짓한 공간에 기하학적으로 배치되어 있는 그 집에 돈 주고 산 거라고는 대학 선배가 선심 쓰듯 10만 원에 넘겨준 부피 큰 워드프로세서가 전부였다. 집 안 구석구석에 자리한 다섯 칸짜리 서랍장과 자개장식장, 스테인리스 옷걸이 등은 모두 길가에 버려진 이삿짐 속에서 동생과 내가 건진 것들이었다.

방 안에 놓인 살림살이보다 더 궁상스러운 건 내 처지였다. 출판사를 그만두고 홧김에 떠난 여행에서 퇴직금은 바닥이 났고, 다시 집으로 돌아와 방송작가원의 작가 수업을 받기 위해선 단돈 60만 원도 은행 대출을 받아야 했다.

결단이 필요했다. 다시 직장을 구해 나가든지, 하루라도 빨리 데뷔를 해 원고료를 타든지. 사는 게 하루하루 절체절명의 순간 같았던 그 시절, 나는 영화 〈바그다드 카페〉를 만났다.

그때, 내 일주일 용돈은 2만 원이었다. 그 2만 원을 알차게 쓰기 위해 하루에도 몇 번씩 조악한 가계부를 써야 했다. 외출지는 작가연수원이 있는 여의도로 한정 짓고, 버스 값과 커피 값만을 쓰기 위해 저녁이면 부리나케 집으로 향했다. 남아도는 게 시간뿐인지라 책 보는 게 일인데, 책장 넘어가는 소리가 돈 쏟아붓는 소리 같았다. 그래서 궁여지책으로 생각해낸 것이 책대여점에서 한물간 책들을 헐값에 사 보는 것이었다. 헌책이라도 근간의 것들이 많아 책값의 절반은 물어야 했다. 일주일에 단 한 번의 외출과 헌책 두세 권을 사고, 손에 남겨진 돈은 고작해야 2천 원에서 4천 원. 영화관 관람은 엄두도 내지 못하고, 비디오만이 여가생활을 즐길 수 있는 유일한 수단이었다.

비디오테이프를 고를 땐 신중에 신중을 기했다. 자칫 비디오테이프 선택을 잘못하면 일주일의 여가생활이 엉망이 되기 때문이다. 그래서 생긴 버릇이 남들의 입을 통하든, 책자를 통하든 몇 번씩 좋다고 검증된 비디오테이프만을 선별해 보는 것이었다. 〈바그다드 카페〉 역시, 그렇게 선별된 비디오테이프였다.

영화의 처음은 기대와 달리 실망스러웠다. 주인공 백인 여자는 보기에도 부담스러울 만큼 크고 둔했으며, 다른 주인공으로 보이는 흑인 여자는 눈이 무섭게 번들거리는 데다 신경질적이었다.

영화는 야스민이 커피 없는 바그다드 카페로 오고, 오고 나서도 한참을 스토리 없이 흘러갔다. 야스민은 몇 번이고 '문츠크테트너 부인'이라는 어려운 제 이름을 카페 주인 브렌다에게 알리려 했고, 브렌다는 손님인 그녀에게 이유 없이 불친절했다. 브렌다의 남편 살은 사소한 말다툼을 빌미잡아 집을 나갔고, 브렌다의 아들과 딸은 속 터지게 제 어미 말을 듣지 않았다. 카우보이 차림의 쿡스는 일없이 실실 웃어 괜히 보는 이의 비위를 긁었고, 문신을 새기는 여자는 누구에게도 이름이 불리지 않은 채 말없이 서성이기만 했다. 게다가 커피도 못 끓이는 바텐더는 왜 거기 있는 건지.

그런데 그 와중에 눈길을 끄는 장면이 있었다. 야스민이 1호방으로 와서 하던 그 행동. 그녀는 단순히 하루 기거할 여인숙에서 제 집처럼 빨래를 하고 청소를 하고, 장식을 했다. 먼지가 폴폴 나는 마룻바닥을 무릎까지 꿇고 정성스레 걸레질하던 그녀가 난 왜 그렇게 뭉클했을까. 이후, 장기투숙자로 바뀐 야스민의 별난 행동은 계속된다. 카페의 간판을 닦고, 사무실을 정리하고, 주방을 치우고, 아무도 안아주지 않아 울기만 하던 브렌다의 손자를 어르고, 쿵쾅거리며 화음이 안 맞는 건반을 쉼 없이 두드리던 브렌다의 아들의 음악을 감상해주는.

브렌다는 그런 야스민의 행동이 부담스러웠다. 누구에게도 호의를 받아보지 못한 브렌다의 눈에 야스민의 친절은 일상을 뒤흔드는 위협이었다. 어느 날, 브렌다는 야스민에게 거두절미하고 떠나라 소리친다.

그때, 브렌다의 그 고함 뒤에 야스민이 한 대답을 나는 지금도 기억한다.

브렌다 당신이 뭔데, 내 아이들과 어울리고, 내 집을 청소해!

야스민 (머뭇대며) …. 나는 그냥 당신이 좋아할 것 같아서….

Bagdad Cafe.

야스민은 누군가를 기분 좋게 하고 싶었던 것이다. 아무런 죄의식 없이 코카인을 흡입하고 운전 도중에도 술병을 불어대던, '삶을 장난같이' 사는 자신의 남편에겐 매몰찬 눈빛과 빰 세례를 날렸으면서도, 도망간 남편을 둔, 반사막의 모래바람 속에서 거친 트럭 운전사들에 의해 생계를 꾸려가는, '삶을 전쟁같이' 사는 브렌다에겐 한없이 너그럽고 싶었던 것이다.

내가 즐겁고 싶어서가 아니라, 남이 즐거운 모습을 보기 위해 마술을 익히고, 쇼를 하고, 모델이 된 야스민. 남을 웃기려다 끝내 자신마저 즐거워져버린 야스민. 나는 그녀가 너무 예뻐서 그 밤 울어버렸다.

방영 시간을 맞추기 위해 긴 밤을 하얗게 지새우길 수십 수백 날. 내 작품 때문에 지금까진 아무도 행복하지 않지만, 나는 야스민 같은 노력을 멈추진 않겠다. 야스민이 떠나고, 그 잘 날던 부메랑도 추락하고, 사람들 모두 다시 사는 게 시들해졌다. 과한 바람일까. 내 드라마가 없는 날, 바그다드 카페의 사람들이 야스민을 기다리듯 사람들이 나를 기다리게 할 수만 있다면, 더는 바랄 것이 없겠다.

사랑은 상대를 위해
뭔가를 포기하는 게 아니라
뭔가를 해내는 거야.

— 괜찮아, 사랑이야

◦드라마 작가로 사는 게 더없이 행복하다。

마음과 다른 말, 마음과 같은 말,
말로라도 상대의 가슴에 비수를 꽂으려는,
어리석지만 탓할 수 없는 인간의 연약한 의도의 말,
그래서 내게 되돌려지는 아픈 말,
생각보다 먼저 튀어나오는 말, 상처 받았던 말,
머뭇대다 내뱉은 말,
머뭇대다 끝내 삼켜버리는 게 훨씬 나았을 거 같은 말,
그러나 끝내 토해버린 말 같지도 않은 말.
오해를 주고 오해를 푸는 '아' 다르고 '어' 다른 말이 갖는
오만 가지 생기와 신비로움!
말로 글을 쓰는 드라마 작가란 직업을 사랑하는 이유가 여기 있다.

말은 마음을 전달하는 수단이다.

오늘도 차기 작품을 준비하며 내가 고민하는 것은 말보다 마음이다.

그런데 참 묘한 건

내 맘이든 그의 맘이든

들여다보려 하면 할수록 사람의 마음이 제법 아름답단 거다.

그래서 나는 말을 탐색하고, 마음을 탐색하는

드라마 작가로 사는 게 더없이,

많이 행복하다.

◦힘내라, 그대들
―작가 지망생 여러분에게◦

12년 전 방송작가협회 교육원에 첫발을 내딛던 때가 생각난다. '오직 글을 쓸 수 있다면'이란 순수한 마음은 당시의 나에겐 없었다. 잘 다니던 직장을 타의 반, 자의 반으로 그만두게 되면서, 사회부적응자로 스스로를 낙인찍은 나에게 당시의 교육원은 도피처였고, 어쩌지 못하고 붙어 있는 내 목숨을 혹여나 좀 더 연명해줄 수도 있는, 우울한 희망처였다.

'드라마는 인간이다'라는 명제가 칠판에 적히고, 외울 것도 없는 그 단문을 나는 몇 번이고 동그라미를 치며, 입으로 달달거렸다.

'글은 마음으로 쓰는 것이야.'

초등학교 때부터 대학 때까지 천 번 만 번 목청 돋우어 말했던 내가 스스로도 무색하게 단문도 초단문인 그 명제를 입으로만 달달.

그렇게 모든 게 생뚱맞을 만큼 당시의 나는 절박했다. 그런 내가 이젠 선생이 되어 교육원생 앞에 선다. 수업하는 내내 학생들은 말이 없고, 눈빛을 반짝이다 못해 금방이라도 울고 말 듯 과잉된 긴장에 안구가 벌겋다. 그곳에서 늘 웃는 건 나이고, 목이 마른 건 교육원생 그대들이다. 너무나도 나 같아서, 괜히도 푹푹 한숨이 쉬어진다.

좀 더, 좀 더, 누구는 악랄하게 밤을 새우고, 누구는 가슴 찢어지게 책상 앞에서 코를 박고 운다고, 술 마실 시간이 어디 있냐고, 여의도에 왜 돌아다니냐고, 감독의 눈치를 보기 전에 글자 하나에 온 신경을 집중하라고, 나는 매일을 악을 쓰지만 모두 헛짓인 것을 안다.

그대들은 나보다 절박하고, 나만큼 치열하며, 강요하지 않아도 외롭고, 자학에 지쳐 얼굴마저 샛노랗다.

모르지 않는다.

여의도 강변 난간에서, '내가 글을 쓸 수 있을까, 내가 정말 세상에 우리가 사는 한.

이해와 위로.

노희경

할 말이 있을까' '내가 정말 인간을 아는가, 내가 정말 내 밥을 내가 벌어먹을 수 있을까'를 되묻고 되물으며 목 놓아 울었던 나를 12년 만에 코앞에서 다시 재회하는 이 심경을, 뭐라 할 수 없어 소리칠 뿐이다. 여의도가 마포보다 더 자주 안개에 젖는다면, 모두 교육원생들의 눈물 탓이다.

원생들, 그대들에게 위로가 필요하다면 나는 얼마든 해주겠다. 힘내라, 그대들. 그대들이 걷는 길은 드라마 작가라면 모두가 걸어간, 걸어가는 길이다. 지금 쓰고 있다면, 지금 외롭다면, 지금 치열하다면, 지금 게으름에 분노한다면, 그대들은 분명 드라마 작가가 되는 바른 길로 들어섰다.

힘내라, 그대들.

노희경이 글 쓰는 수칙 몇 가지

1. 성실한 노동자가 되어라

노동자의 근무시간 8시간을 지킬 것.

2. 인과응보를 믿어라

쓰면 완성할 확률이 높아지고, 고민만 하면 머리만 아프다.

3. 드라마는 인간이다

인간에 대한 탐구가 드라마에 대한 탐구다.

4. 디테일하게 보라

듬성듬성하게 세상을 보면, 듬성듬성한 드라마가 나오고, 섬세하게 세상을 보면 섬세한 드라마가 나온다.

5. 아픈 기억이 많을수록 좋다

작가는 상처 받지 않는다. 모두가 글감이다.

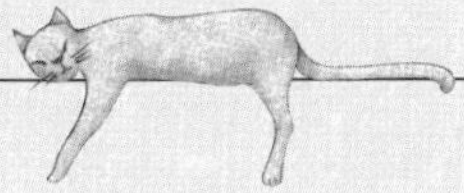

6. 생각이 늙는 걸 경계하라

몸은 늙어도 마음은 늙지 않는다. 그러나 생각은 늙을 수 있다.
지금 내가 하는 모든 생각이 편견인 것을 직시하고, 늘 남의 말에 귀기울일 것. 자기 생각이 옳다고 하는 순간, 늙고 있음을 알아챌 것.

7. 조율을 잊지 마라

드라마는 혼자 하는 작업이 아닌 더불어 함께하는 작업이다.
조율하지 못할 거면 드라마 작가를 포기하라. 드라마 작가는 드라마의 여러 작업 파트 중 다만 글을 쓰는 사람일 뿐, 우두머리가 아니다. 작가적 중심과 독선을 구분하는 게 관건이다.

◦윤여정은
눈빛 하나로
삶을 보듬는 사람。

"드라마 참 못 썼다, 어쩜 그리 못 썼냐! 죽어라 못 쓰더만."

몇 년 전 내가 집필했던 모 작품에 대한 윤여정, 그녀의 평가다. 죽어라 글이 안 될 때 내가 나에 대한 한계를 분명히 알고 있을 때 자타가 인정하는 독설가인 그녀는 여지없다. 대놓고 욕을 한다. 천성이 유순하지 않은 나는 그녀의 독설에 발끈하며 같이 맞장을 뜬다.

"선생님은 언제나 잘하냐, 선생님도 못할 때 있다!"

다른 사람들 같으면 스무 살 터울이 지는 관계에서 이 정도 감정적인 말이 오가면 당연한 수순처럼 결별을 할 테지만, 서로를 잃을 마음이 전혀 없는 그녀와 나는 지금껏 가끔은 안부를 묻고 만나기를 소원하고 있다. 물론 여전히 입에 칼날을 물고 서로를 찌를 태세로. 그러나 서로가 뱉은 칼날에 누구도 다치진 않는다. 아니, 되레 칼날을 물고 말하길 즐겨 한다. 마치 독설의 강도가 우리의 우정을 가늠하는 척도나 되는 양 말이다.

가끔 어린 내가 그녀의 독설이 아프다고 딴죽을 걸지만, 그것은 정말이지 엄살일 뿐 진정한 속내는 아니다. 그녀의 독설에는 고단하고 심심한 세상을 무마하고 위안하는 힘이 있기 때문이다.

참으로 간만에 그녀에게 전화를 넣었다.

"어째 목소리가 그래요? 이상하네."

내가 정중히 안부를 물으니, 그녀가 대뜸 말한다.

"남 말하네, 니 목소리가 더 이상해."

한 수도 편히 받는 법이 없다.

그런데 즐거웠다. 그녀가 여전히 그녀답게 말하는 것이, 그녀가 안녕하다는 증거 같아서.

나는 배우 윤여정 선생님을 '무척' 사랑한다. 한때 나는 내 연정을 나만 알고 있기가 버거워 그녀에게 고백한 적도 있었다(그녀가 그 일을 기억 못한다고 잡아떼면 서운할 일이다).

배우 윤여정의 어디가 그리 좋으냐 물으면 할 말이 없다. 너무 많다.

나는 아직도 〈내가 사는 이유〉에서 그녀가 손언니로 분해, 인생이 아프다고 울며 부는 주인공 애숙에게 말 한마디 없이 담배만 피우며 위로하던 장면을 잊을 수 없다. 그때 그녀가 피워내던 담배연기는 뭉게구름처럼 포근하게 애숙을 덮었었다. 게다가 타들어가고 있는 담배를 들고 있던 그녀의 손가락은 또 얼마나 멋졌던가.

뿐만이 아니다. 〈거짓말〉에서 지나간 첫사랑에게 과부임을 숨기다 들키고 휘청거리며 버스에 오르던 그녀의 뒷모습은 삶의 허망함을 숨김없이 드러내기에 너무도 충분했다.

'미친년, 지랄하네, 염병, 이 자식아, 저 자식아' 하는 막말조차도 그녀의 입을 통해 뱉어지면 정이 뚝뚝 묻어나는 아픈 위안이 되거나 쓸

쓸한 인생에 대한 정의가 된다. 지문 하나 없이 '…'만 있어도 그녀는 미치게 연기를 해낸다.

대체 그게 어떤 연기술에 의해 나오는지는 지금도 알 수 없다. 편히 말하면, 그게 연륜이지 단순히 정의할 수도 있겠다. 그렇다면 연륜이 있는 연기자는 모두 그녀처럼 연기할 수 있을까? 막말과 쌍말을 철학처럼? 분명 그건 아니다. 그렇다면 그녀는 분명 그녀만의 깊은 연기술을 가지고 있다.

나는 한때 섣불리 그녀의 연기술을 가늠해보려 노력했었다. 그러나 이내 포기하고 말았다. 연기는 곧 배우의 인생이라는데, 그렇다면 그녀의 연기를 분석하기 이전에 그녀의 인생을 가늠할 수 있어야 하는데 나로서는 그럴 능력이 없다.

젊은 나이에 남자도 남편도 없는 혼자 몸으로 두 아이를 키워내면서(그것도 정말 훌륭하게), 정말이지 예쁘지도 않은 얼굴과 좋지도 않은 목소리로, 게다가 아첨할 줄도 모르는 성격으로 그녀가 오늘의 자리에 오기까지 그녀의 숭고한 노력과 극(그녀에게는 삶일 것)에 대한 애정을 어찌 감히 상상할 수 있겠는가.

목만 멜 뿐이다.

이즈음의 드라마는 모두 어린애들 사랑 이야기 일색이다. 때문에 그녀처럼 눈빛 하나로, 대사 한마디로, 삶을 위안하고 농락했다가 다시 보듬는 연기를 하는 진짜 배우들의 진정한 연기를 볼 장이 없어지고 있다. 안타깝기 그지없다.

제발 윤여정 그녀와 그녀의 동료들이 더 늙기 전에 진정한 인생을 논하는 드라마 세상이 왔으면 한다. 그녀가 젊은 주인공들의 사랑이나 반대하고 밥상이나 차리지 말고, 살아보니 제 자신이 사랑에 목매고 싶어지더라 하며 울며 부는 연기를 할 수 있는 그런 세상 말이다. 반드시 늙어가는 우리 모두의 인생을 그녀처럼 늙은 배우가 아니면 어찌 '반듯이' 표현해낼 수 있겠는가. 간사한 시청자여, 부디 늙은 배우를 홀대하지 말지어다. 그대들도 늙는다.

아주 오랜만에 그녀가 영화를 찍었다 한다. 이 기회에 그녀가 드라마를 등지고 영화로 가는 건 아닐까 심히 걱정된다. 부디 부탁하건대 영화제작자, 감독들이여, 그녀의 진가를 알지 마라. 그녀를 드라마 난장에 그대로 두어라.

이 글을 읽고 그녀가 어찌 말할지 짐작이 간다.

"아주 사람 밥줄을 끊으려 작정을 했구만."

귀여운 노친네!

이 바닥에서 배우 생활 삼사십 년 하며
그만도 못하면 죽어야지.

— 그들이 사는 세상

◦참으로
뜨거운 말씀。

내 어머닌 내게 부처님이요, 예수님이요, 소크라테스에, 세상 모든 성인과 현인들의 현신(現身) 그 자체셨다. 일자무식이어서 자식을 자랑할 일이 없으셨고, 수줍어 말을 못해 수다를 일삼는 친구 하나 만들지 못하셨고, 세상의 영리한 이치를 알지 못해 재물 한 푼 남기지 않으셨지만 생각 있는 자라면 생각해보라!

동서고금을 막론하고 지식을 자랑하는 성인과 현인이 어디에 있었으며, 재물을 모은 성인과 현인 또한 어디에 있었는가! 그저 무식하니 누구에게나 머릴 숙이고, 수줍어 말 못하니 드센 말로 사람들 가슴에 비수를 꽂지 않고, 세상의 재물을 모을 만큼 영리한 이치를 알지 못하니 없는 자를 업신여기지 않고, 늘 자식처럼 형제처럼 자신처럼 사람들을 안쓰럽게 여기셨다.

나는 어려서 어머니의 심부름을 참으로 많이 했다. 구멍가게에서 필요한 식료품들을 사다 나른 적도 많았지만, 제일 많이 한 심부름은 옆집이나 동네 구석구석 살림이 어려운 집들에 어머니가 손수 마련한 선물을 나누어주는 일이었다.

'우리 엄마가 김치빈대떡 드셔보시래요!'

'우리 엄마가 겉절이 드셔보시래요!'

'우리 엄마가 잡채 좀 드셔보시래요!'

'우리 엄마가 감자 좀 드셔보시래요!'

어머니는 남에게 퍼주기를 참으로 좋아하셨다. 형제들이 모이면 어머니의 '퍼주기'가 얼마나 남달랐는지를 이야기할 때가 많다. 아침에 한 겉절이가 저녁이면 없어지고, 오후에 한 빈대떡이 한 시간이면 동이 나고, 방금 찐 감자가 그 자리에서 끝이 나고….

하루는 어린 내가 따졌다.

'엄마, 오늘 잡채는 아무도 주지 마라. 내가 학교 끝나고 돌아오면 먹을 테니, 절대 남겨둬라!'

그러나 하교 후 집에 돌아오니, 잡채는 흔적조차 남아 있지 않았다. 내가 울먹이며 엄마에게 따졌다.

'잡채 어디 있어!'

그랬더니, 어머니 말씀이 이랬다.

'뭐든 해서 한 번 먹었음 됐지, 뭘 두고두고 먹냐? 니가 한 번 먹음 나머진 남들도 좀 줘야지!'

참으로 뜨거운 말씀이다.

그래, 나 한 번 먹음 됐지, 뭘 두고두고 먹나. 남들도 좀 줘야지. 말씀 없는 분이 귀에 못이 박히도록 말씀을 하셨다.

'없는 사람 불쌍히 생각해라. 나눠 먹어라. 도와라.'

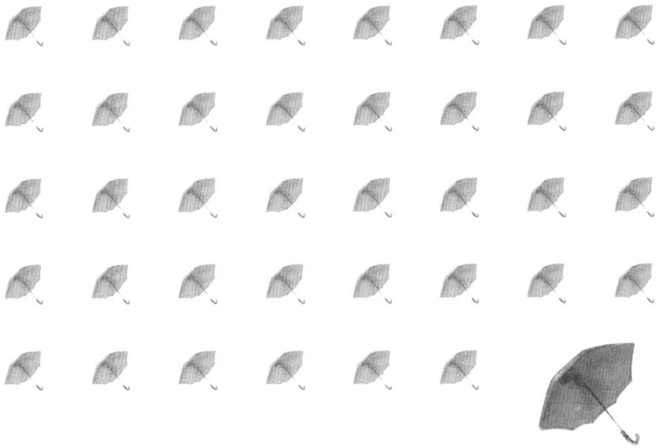

세상이 각박하다고
말하지 말고
내가 각박하게 살고있지
않은가 생각해본다.

노희경

°잘 있었나, K양。

당신이 이 편지를 받고, K양이란 호칭에 한동안 즐겁게 웃을 것이라, 장담한다. 김수야, 수야 씨, 이 여자야, 순둥아! 당신의 호칭을 즐겁게 변조해 부를 수 있었던 그때, 나는 참 행복했다. 당신 같은 여자를 엄마로 두어서.

"그러지 마라, 어른을 놀리는 게 아니다."

말로는 꾸짖어도 당신과 격 없이 놀려 하는 나를 당신은 표 나게 좋아했다. 그래서 당신이 임종 직전 나를 많이 사랑한다는 말에 감격하지 않았다. 당신이 얼마나 막내딸 희경일 사랑하는 줄 '늘' 알고 있었으므로.

당신이 누구나 반드시 가야 하는 곳으로 간 이후, 나는 작가가 됐다.

옆에 있어도 애타게 그리웠던 당신은 떠난 후로도 여지없었다. 주인공이 연애하고, 이별하고, 죽음을 맞고, 배신하고, 후회할 때, 나는 무시로 당신의 조언이 필요했다.

마음에 안 드는 형부감을 두고 "언니 저 사람하고 결혼시키지 마라."고 투정하는 내게 "너랑 안 살아." "그럼 엄마는 그 사람이 맘에 든단 얘기야!" "나랑도 안 살아."라고 심플하게 말하던, 어린 나보다 구태의연하지 않았던, 사는 게 고단해도 눈(雪)은 예쁘다던 당신, 아! 정말 왜 그리 빨리 갔느냐.

프랑스 작가 아니 에르노는 쉰이 넘은 나이에 자신이 체험한 지독한 사랑 얘기를《단순한 열정》이란 책으로 펴냈다. 나는 그 책을 읽고 숱한 질문이 생겼다. 쉰이 넘은 나이에 앞뒤 분간 없이 이렇게 무모할 수 있다고? 자식 같은 유부남과 살을 비비며 죄책감 없을 수 있다고? 사랑은 단순한 열정에 지나지 않는다고? 사랑은 습관처럼 반복되는 것이라고?

《단순한 열정》에 답하듯 쓴《포옹》(필립 빌랭)까지 읽어야 나올 수 있는 질문이지만 — 묻고 싶었다. 《단순한 열정》의 아니 에르노와 같은 쉰의 나이에 온몸이 병들어 썩어가던 당신에게 사랑은 무엇이었는지, 잠자리의 열정은 있었는지, 들뜸과 싸늘함의 경계는 진정 한 끗발 차이인 것인지. 아니, 그보다 당신도 아니 에르노처럼 여자였는지 인간이었는지. 나는 묻고 싶었다.

만약 그랬다면 미안하다. 나는 당신을 한 번도 여자로, 인간으로 대접하지 못했다. 긴 수술 후 깨어난 당신에게 "무엇이든 말만 하면 사주고 해주마." 했더니 당신은 그렇게 말했다.

"내 청춘 돌려줄 수 있나."

가슴이 무너졌다. 그때 당신은 내게 첨으로 인간으로, 친구로, 허무한 인생을 논하려 했을 수도 있는데, 연약한 나는 그 말을 못 받았고 고개를 돌려 피했다.

내 사랑스러운 조카들, 봉수, 시명, 경희, 을, 시진, 윤아, 그리고 푸른 하늘. 나는 그들에게 당신이 내게 해주었던 역할의 반만이라도 해주고

싶다. 그리고 그들과 당신하고 나누지 못했던 열정과 사랑과 죄의식과 모멸감과 잠자리의 여러 경계를 부수는 것까지 이야기하려 한다.

혹여 당신, 내가 그들과 얘기하는 도중 어설픈 것이 있다는 걸 알아차린다면 부디 알려주라.

그리고 잘 있어라, 당신.

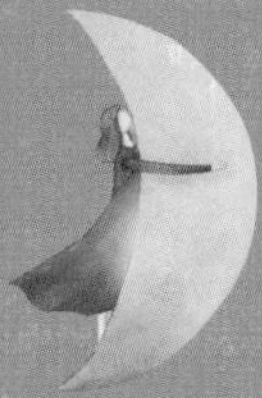

어머니

당신이 있어서
정말
행복한 인생이었습니다.

— 꽃보다 아름다워

○ 3부 ○

좀 더 오래 사랑하기

그 누구도, 친구 아니라 부모와 형제도 나 자신만큼 소중할 순 없고, 목숨을 담보로, 재물을 담보로, 그 어떤 것을 담보로 의리를 요구하는 친구는 친구가 아니다. 살다 보면 친구를 외롭고 괴롭게 버려둘 때가 허다하게 많다. 그럼에도 불구하고 친구가 되는 것이 친구다.

◦미안한 아버지에게。

늘 제 글 속에서 악역을 맡아오신 아버지에게 미안한 마음이 있었습니다. 그 미안한 마음을 이 편지 한 장으로 대신할 순 없겠지만, 안 쓰면 죄책감이 좀 더 깊어질까 두려워 씁니다. 이번에도 역시 아버지보다는 저를 위해서네요.

엊그제는 아버지가 돌아가신 지 2주기가 되는 날이었습니다. 타국에 있는 형제들을 제외하고, 모두 모여 즐거운 한때를 가졌습니다. 만약 오셨다 가셨다면 그 모양새를 보고 참 좋아라 하셨을 텐데, 잠시 그 생각에 마음이 숙연해지기도 했습니다. 이 세상에서 제가 가장 가혹했던 사람은, 아버지 당신이었습니다. 어려서는 가혹한 제 행위에 엄청나게 타당한 이유들이 있다고 믿었습니다.

바람을 손에 꼽을 수 없을 만큼 많이 피웠다. 어려선 얼굴 보기가 힘들게 다른 집에서 다른 여자와 살림을 차렸다. 내가 아는 여자만 해도 다섯 손가락이 넘고, 얼굴을 본 여자도 서넛이었다. 그 여자 중 어느 여잔 우리 집에 버젓이 찾아와, 엄마 옆에서 자고 간 날도 있다. 그 여자 중 누구는 형제들과 머리채를 잡고 싸웠다. 한 번도 돈을 많이 벌어 온 적이 없다. 그렇다고, 적은 돈이라도 다달이 준 적도 내 기억엔 없다. 부지런한 엄마에 비해, 너무도 게으르다(욕실이 없던 예전엔, 겨울이면 방에서 왕처럼 세수를 하고, 면도를 하셨다). 단 한 번도 나를 사랑한다고 말한 적이 없다. 엄마에게도 자식에게도 미안하다고 고백한 적이 없다(엄마에게 했었는지는 모르겠다, 짐작건대 안 했을 것으로 단정할 근거가 많다). 얼굴은 몰라도 다른 여자에게서 자식을 봤다. 다른 여자의 자식 때문에 우는 모습을 보였다. 생색을 잘 낸다. 허세와 허풍이 세다. 노씨인 게 싫다. 성씨 개명을 하고 싶다.

저는 정말 아버지 당신이 미웠습니다. 그래서, 집에서 즐거이 텔레비전을 보다가도 당신이 들어오면 갑자기 싸늘해져선 벌떡 일어나 방을 나가며 문짝이 떨어져 나가게 쾅 소리를 냈었습니다. 밥상머리에서 고개 들어 아버지 얼굴을 본 적도 없었지요. 또 말마다 가시를 달아, 당신 속을 긁는 건 얼마나 신이 났었는지. 제가 힘이 세지고, 당신이 늙어 가면 갈수록 강도는 더욱 세졌습니다.

친구 아버지 누구가 바람을 폈는데,
걔 엄마가 이혼을 했대, 잘한 짓이지.
남자가 능력이 없으면, 그게 남자야.
담배 피울 땐 창문을 열라고요!
밥 먹을 때 쩝쩝거리는 소리 좀 내지 말라고요!
아버지가 물은 떠다 드셔!
허풍 좀 떨지 마요!
내 성격이 이상하다고요? 아버지 닮아 그렇지!
그냥 대충 드셔요, 무슨 반찬투정을…!

죄의식도 없었고, 후회도 없었습니다. 당신이 폐암에 걸려, 큰오빠의 집에서 제 집으로 가방 두어 개를 들고 오시기 전까진. 오빠는 타국으로 돈 벌러 가고, 형제는 많아도 모두가 형편이 여의치 않은 관계로 병든 당신을 기꺼이 맡을 자식은 없었습니다. 말로는 모두 다 '내가 하마' 했지만, 같은 자식의 입장에서 솔직히 당신은 짐스러운 존재란 걸 저는 알고 있었습니다. 그래서 마지못해 제가 모신다 했지요.

그때 제 마음속엔 의무감보단, 그래 붙어보자는 마음이 더욱 컸더랬습니다. 우리 두 사람이 화해를 하든, 처절한 복수극을 하든, 어쨌든 저는 당신과 끝장을 보고 싶었습니다. 쓰는 드라마마다 내내 가족의 이해를, 사랑을 말하는 제게 당신은 당신의 종양처럼 명치끝에 두툼하게 자리하고 있었으니까요.

당신을 집으로 모시고 온 날부터 저는 '아버지 감사합니다, 있는 그대로 감사합니다'라는 기도문을 가지고 늘 하던 백팔배를 무려 세 배씩 늘려가며 절을 했습니다. 당신을 향해 하는 참회가 백팔배로는 어림없다 여겼습니다. 그러나 한 배 한 배 할 때마다 참회는커녕, 너무나 당신을 미워하는 게 합당한 이유들만 떠올랐습니다.

하루는 절을 할 때 사용하는 염주를 내팽개치며, '마저 미워하고 말 거야' 소리치며 운 날도 있었더랬습니다. 이 글을 당신이 읽는다면 얼마나 서운할까요. 그래도 너무 저를 나무라진 말아주십시오. 그래도 다시 염주를 주워 들고 당신을 이해하기 전엔 그 어디로도 당신을 보내지 않겠다고, 머리를 숙였더랬으니까요.

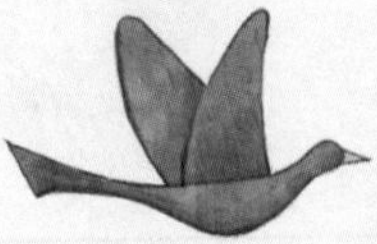

하기 싫은 숙제 같은, 당신과 함께한 3년 반 세월이었습니다. 텃밭에 나가 같이 상추를 심고, 고추를 심고, 장미를 심고, 차를 마셨지요. 기꺼웠던 적은 거의 없었습니다. 어차피 선택한 것 그냥 해보자는 맘뿐이었습니다. 그런데 어느 날, 아마도 오가피나무를 한 그루 심던 날이었을 겁니다. 한여름이었고, 땀을 흘린 당신과 저는 작은 그늘에서 차를 한 잔 했습니다. 그때 불쑥 제가 물었습니다. 사실 맘속으로 천 번 만 번 연습한 말이었죠.

"옛날에 내가 본 여자, 왜 아부지가 바람 핀, 얼굴이 좀 얽은 아줌마… 왜 엄마보다, 그 여자가 좋았어?"

당신이 웃으며 말했습니다.

"니 엄마가 젤로 좋았어."

제가 말했습니다.

"그렇게 엄마가 좋은데, 그 여잘 왜 만나?"

당신은 말없이 웃으며 일어나 다시 텃밭으로 가서 마저 나무를 심고, 풀을 뽑았습니다. 참 초라하게 굽은 등으로. 그때 처음으로 그런 생각이 들었습니다. 내가 저렇게 초라하게 늙을 대로 늙어버린 사람에게 지금 무슨 짓을 하는가.

다른 날 같으면 웬 센치한 감정? 하고 일어섰을 건데, 그때는 웬일인지 그러지 않았습니다. 우리에게 남은 몇 달이 처음으로 적다고 느낀 첫 순간이기도 했습니다. 그날 당신의 말은 당신의 타고난 유머감각에 비하면 뭐 그다지 별다를 것도 없었는데, 생각해보니 저는 무지도 당신과 화해를 하고 싶었나 봅니다. 맥없이 엄마를 젤로 사랑했단 그 한마디에 좌초된 걸 보면.

이후, 저는 종종 당신의 손을 잡고 얼굴을 만지고 했습니다. 삶을 물어가는 스승에게 '아버지와 화해하고 싶어요, 어찌하면 좋을까요' 했을 때 스승께선 암말 말고 손이나 잡아드려라 하셨습니다. 참 민망했습니다. 아버지 손잡는 게 민망지경인 딸. 어이없었지요. 그래도 했습니다. 그렇게 하루 30분 당신과의 어색한 손잡기가 시작됐습니다. 그리고 나눈 우리의 대화를 여기에 어찌 다 쓸 수 있을까요. 사십 평생 들어보지 못한 말을 들었더랬습니다.

어느 자식 하나 안 사랑한 자식이 없다.
다시 태어난다면 니들한테 좋은 애비이고 싶다.
니 엄마를 다시 만나면 살자 하고 싶은데,
그 말을 들어줄까 모르겠다.
원 없이 세상 살았다.

조금 더 오래
사랑하기

노희경

내가 나중에 누워 있게 된다면 호흡기를 달지 마라.
니가 참 안됐다.

마치 오래 준비한 듯, 당신은 너무도 따뜻하게 말씀하셨습니다. 어쩌면 당신은 긴 세월을 말로는 못해도 눈빛으로 우리 자식들에게 그 말씀을 하셨는지도 모릅니다. 그렇지 않았다면, 떨지도 않고, 차분하게 그 어색한 고백들을 매일같이 할 수는 없었을 겁니다. 어느 날은 당신의 고백이 너무나 정중해서, 내가 '고만해, 낮간지러' 한 날도 있었으니까요. 그렇게 몇 달을 보내고 어느 날 절을 하는데, 문득 젊은 날의 당신이 생각났습니다.

나이 마흔의 남자.
자식은 일곱.
마누라는 유머도 모르고, 예쁘지도 않은, 매력 없는 촌년.
되는 일은 하나도 없는 중년의 나이.

살고 싶지 않았겠다. 눈물이 왈칵 났습니다.
밖에 나가면 예쁜 여자들이 득시글하고,
타고난 그의 유머에 반해 살갑게 사랑한다 하는데,
몇 해는 몰라도 영원히는 살지 않고
다시 재미없는 마누라에게로
복수심을 키우는 자식에게로 온 그 남자의 맘속엔,
무엇이 있었는지,
정말 내가 아는가.

삶은 정말 드라마보다 드라마틱해서, 그해 겨울 우리가 완전히 화해해서 이젠 서로가 떨어지고 싶지 않을 때, 당신은 임종을 맞았습니다. 아버지의 숨이 거칠어지던 그날은, 제가 처음으로 아버지를 소재로 쓴 〈기적〉이란 드라마가 나가던 날이었고, 숨이 멎은 순간은 첫 회가 끝나던 시간이었습니다. 드라마로 쓴다면 너무 작위적이라 믿지도 않을 일이지요.

마를 대로 말라 제 품에 안긴 당신이 '너무 미안하다'고 말하고, 저는 '아버지 맘 내가 다 아니까, 이제 편히 가셔도 된다'고 했습니다.

눈이 왔고, 어머니 임종 때처럼 따뜻한 날이었습니다.

임종을 앞두고 한 서너 번 저도 아버질 참 많이 사랑한다고 말했던 게 지금 너무 위안이 됩니다.

엊그제 제게로 메일이 하나 왔습니다. 젊은 친구인데 아버지와 화해가 안 된다고 했습니다. 어찌해야 좋냐 물어왔습니다. 너무 서두르지 말라고 했습니다. 저 자신도 마흔이 넘어 이룬 화해인데, 쉽지 않을 거라 했습니다.

그 친구에게 한마디 더 보태지 못한 게 걸리네요. 이곳에 하면 혹여 볼까 싶어 씁니다.

힘내세요.

참, 그런데요, 아버지.

가신 그곳에선 어머니를 어떻게 만나셨나요?

만나셔도 좋겠고, 안 만나셔도 좋겠다 생각이 듭니다.

두 분이 따로이 다른 분들과 사는 모습을 상상해도, 또다시 두 분이 만나 사시는 모습을 상상해도, 다 아름답네요.

두 분은 참 좋은 분들입니다. 이즈음 자식들은 모이기만 하면, 그 소립니다. 솔직히 가끔 두 분의 흉을 조금 보기도 하지만, 그리워 그런 거니 너무 속상해는 마십시오.

참 그리고, 두 분이 낳으신 저희 형제들은 꼭 남들만큼 힘들고 남들만큼 재미나게 잘 삽니다. 그러니, 걱정 마십시오.

누가 그러드라, 세상에서 젤 폭력적인 말이
남자답다, 여자답다, 엄마답다, 의사답다, 학생답다…
그런 말들이라고. 그냥 다 첨 살아보는 인생이라
서툰 건데, 그래서 안쓰런 건데…
그래서 실수해도 되는데…

— 괜찮아, 사랑이야

◦부모에게 받은 최고의 유산。

부모가 자식에게 유산을 남기지 않는다면, 부모가 준 유산을 그 자식이 가꾸고 챙기지 않는다면 그것은 직무유기다. 법적 제재는 없지만 죗값은 받는다. 덜 행복하다.

나는 20대 중반에 집안의 수양딸이면서 친구인 동갑내기와 보증금 300만 원에 월 8만 원짜리 집을 얻어 분가했다. 경제적인 이유로, 외롭다는 이유로 다른 친구들과 살림을 합쳐도 보았지만, 오래가지 못하고 늘 둘이었다. 그리 12년을 사니 이후엔 가족이든 친한 친구든 사나흘을 함께 견디기가 힘들었다.

그러다, 7년 전 된서리를 맞았다. 큰오라버니와 살던 아버지가 덜컥 암에 걸려 오갈 데가 없어졌고(오라버닌 이민을 가야 했다), 작은오라버니의 사정으로 조카 둘을 맡게 된 것이다. 워낙 소음에 면역성이 없어 한여름에도 비바람 소리까지 피해 문을 닫아거는 성질인데 초등학교, 중학교를 다니는 놈들의 입심은 가히 전쟁이었다. 게다가 10년 넘게 떨어져 산 아버지는 오전 4시면 일어나 텔레비전을 켜시고, 주방을 들락날락, 화장실을 갔다 말았다, 가만있어도 정신이 없었다.

도저히 안 되겠어서, 사이좋은 막내언니네와 살림을 합쳤다. 언니와 형부의 유한 성격으로 집안의 화목을 부르고, 은근 무거운 짐은 나눠지자는 심산이었다. 그런데 점입가경, 언니네 애들이 합세해 애들이 갑자기 넷이 되었다. 그것도 학년이 거의 같은, 고만고만한 사고뭉치 사춘기 놈들이.

지금 생각하면 그게 다 사람 사는 맛이고 웃음거리지만, 그땐 참 막막했었다. 얼마 전 아홉 가족이 살던 집을 부동산에 내놓고, 어른 넷만 살 작은집을 마련하려 하고 있다. 아버지는 임종을 하셨고, 스무 살에 분가시킨다는 원칙을 지켜, 남자애들은 작년, 재작년에 하나하나 분가

시키고, 여자애 둘은 고3인데 내년에 분가시킬 계획을 갖고 있다. 그러면서 나는 자꾸 아이들에게 미안해지는 맘을 어쩔 수가 없다. 어머니, 아버지가 내게 주신 유산에 비해 그들에게 줄 유산이 턱없이 모자람을 느끼기 때문이다.

어머니가 돌아가신 지 햇수로 19년, 부친을 여읜 지 4년째다. 어머니는 시금치나물에 김치, 구운 김에 생선 한 조각으로 1식 1, 2찬을 지키며 알뜰히 돈을 모아 유산으로 현금 400만 원을 남기셨다.

어린 시절 반찬 투정이 나서 "우리도 좀 더 먹자, 통장에 돈 있잖아!" 하면, "내 죽어서 장례 치를 돈이다. 거들떠도 보지 마라." 하신 그 돈이다. 당시 어머니의 연세는 마흔 초반. 어머니의 집안은 단명(短命)이 내력이어서, 젊어서도 자신의 생을 예감하였는가 싶다. 예감은 사실이 되어 어머니는 쉰일곱 청춘에 돌아가셨다. 유산 400만 원은 어머니의 말씀대로 장례비로 고스란히, 요긴히 쓰였다.

아버진 더욱 남기신 게 없다. 평생 백수로 자식들이 준 용돈으로 사셨으니, 돌아가실 때 남겨진 건 현금 몇십만 원과 대출금이 무섭게 붙어 있는 20평짜리 성남의 오래된 빌라가 전부였는데, 그것도 대부분 큰 오라버니의 수고로 이루어진 것이다.

그런데 나는 이제 와 부모가 준 유산이 넘치고 넘치는 것을 느낀다. 몇 가지라도 나열해 자랑하고 싶다.

1. 두 분은 배우지 못하여, 지식으로 사람을 무시하지 않으셨다.
2. 두 분은 영민하지 못하여, 영민하지 못한 자를 무시하지 않으셨다.
3. 어머니는 아침이면 동네의 쓰레기를 주워 동네를 깔끔하게 하고, 쓸 만한 물건들을 챙겨 동네 경로당에 갖다놓아 숱한 어른을 봉양했다.
4. 어머닌 말이 없고 말이 독하지 않아 말로 사람 가슴에 비수를 꽂지 않으셨다.
5. 어머니는 시장에서 주워 온 썩은 감자, 고구마, 배추를 다듬어 전을 만들고 음식을 만들어 자식을 살리고 이웃과 나눴다.
6. 두 분은 평생을 가난하여 가난한 사람을 늘 자신처럼 안쓰러이 여긴 까닭에, 두 고아를 거두어 출가까지 시켰고, 남들 없는 수양딸도 두었다.

7. 아버진 돈이 있으면 늘 주변에 쓰시며, 얻어먹는 것보다 주는 기쁨이 크다는 걸 강변하셨다.
8. 어머닌 마흔 후반부터 이미 늙어 이가 빠지고, 백발로 병환에 시달렸지만 아프다는 한탄을 일삼기보단 힘 좋아 자식들 기죽이지 않는 걸 늘 다행으로 여기셨다.
9. 두 분은 먹고 살기만 하면 무엇보다 가족 간의 정이다 하셨다.
10. 두 분은 모두 암으로 돌아가셨는데, 돌아가시는 과정이 참으로 의연하고 아름다워, 죽음이 그다지 두려운 게 아니라 아름다운 마감의 기회라는 지혜를 주셨다.

어찌 내가 받은 유산이 이것뿐이겠는가. 유산이 그득하니, 문득문득 사는 게 참 행복하다. 명심보감에 이런 말이 있단다. 자식에게 최고의 유산은 부모의 음지에서의 선행이다. 그렇다면, 이제부터라도 조카들에게 후배들에게 남겨줄 진짜 유산을 모으는 게 어른인 내가 '지금' 할 일이겠다 싶다.

이제 나를 떠나는 조카들에게 하는 당부의 말로 이 글을 마감하려 한다.

세상이 무섭다고 지레 겁먹지 마라.

너희 부모도 나도 즐거이 살아온 세상이다.

세상은 너희의 생각보다, 훨씬 더 아름답단다.

겁내지 마라. 사랑한다.

어차피 한 번 살지,
두 번 사는 거 아니다.

그것만 명심하면
세상에 안 될 게 없어.

— 꽃보다 아름다워

배우 나문희에게 길을 물어 가다

'희경 씨는 하늘이 참 사랑하나 봐. 큰 사람 되라고. 그러니까 시청률을 안 주지.'

여지없이 이번 작품도 시청률에 고배를 마신 저에게 당신의 위로만큼 달콤한 위로는 없었음을 고백합니다. 설마 바쁘신 하느님이 제 생각을 하셨을 리 만무하지만(저는 바라지도 않습니다. 이 나이 들어보니 신이 계시든 부처님이 계시든 저는 그분들이 저를 돌보지 않아도 될 만큼 너끈히 사는 게 도리인 줄 알게 되었습니다), 선생님의 위로는 정말이지 따뜻했습니다.

사실 모자란 저는 늘 지나고 나서야 압니다. 이번 <그들이 사는 세

상〉도 역시 그렇습니다. 편치 않은 구성으로 시청자를 불편하게 하고, 여전히 여기저기 덜그럭거리며, 삶을 보는 눈이 마흔이 넘어도 깊어지지 않고, 가르치고. 나름 이 방송가에서 선수 중에 선수이신 선생님이 그걸 발견치 못하셨을 거라 생각하지 않습니다. 다만, 선생님 눈엔 여전히 어린 제가 안쓰러워 그러신 줄 압니다. 고맙습니다.

스물아홉, 돌이켜보면 정말 싱그러운 나이에 선생님을 만났습니다. 그때 선생님은 참 멋지셨습니다. 쉰 중반의 나이에 베이지색 바바리가 그렇게 잘 어울리는 분을 저는 본 적이 없습니다. 〈엄마의 치자꽃〉, 제 첫 데뷔작의 주인공이셨지요. 그리고 13년 동안 제 극본 속에서 수백 회를 만났습니다. 그런데도 우린 정작 실제로는 얼굴 한번 보기가 하늘의 별 따기였습니다. 뭇사람들은 우릴 패밀리라 부르지만, 차 한 잔 마신 기억도 가물거릴 지경입니다. 이 글을 쓰며 한번 셈해봅니다. 제가 선생님과 단둘이, 아니 여럿이 어울려서라도 차를 마신 기억이 몇 번인가. 다섯 손가락을 채 꼽지도 못할 정도네요. 무척이나 야멸찬 관계입니다. 그러나 이 야멸찬 관계가 멋진 관계라는 걸 가르쳐주신 분이 선생님입니다. 스물아홉 살 때, 제 기억이 맞다면 교외 어느 카페에서였습니다.

'너무 잘난 사람들하고만 어울려 놀지 마, 희경 씨.'

'책 많이 읽어, 희경 씨.'

'버스나 전철 타면서 많은 사람들을 봐, 희경 씨.'

'재래시장에 많이 가, 희경 씨.

그곳에서 야채 파는 아줌마들을,

할머니들 손을, 주름을 봐봐, 희경 씨.

그게 예쁜 거야, 희경 씨.'

'골프 치지 마, 희경 씨. 대중목욕탕에 가, 희경 씨.'

'우리 자주 보지 말자. 그냥 열심히 살자, 희경 씨.'

'대본 제때 주는 작가가 돼, 희경 씨.'

그때, 고갤 조금 수줍게 숙이고 어린 나를 향해 툭툭 내뱉던 선생님의 말씀은 지금까지도 제 방송 생활의 지표입니다. 아마도 선생님 혜안에는 제 어설픈 꼬라지가 보였던 게지요. 방송가를 무슨 돈벼락 쏟아지고, 명예벼락이 쏟아지는, 가난의 한풀이 장소로 여겼던 게 보였던 게지요. 부끄러웠고 참 고마웠습니다. 그리고 정말 다짐했죠.

재래시장에 많이 가자.
대중탕에서 아줌마들 수다에 귀 기울이자.
주름이 예쁜 거다.
바람에 튼 살이 아름다운 거다.
골프는 치지 말자.
대본은 미리미리 쓰자.

제 생애 가장 아름다운 파트너인 표 감독을 소개해준 분도 선생님이셨습니다. 참 예쁜 감독이 있는데 한번 만나봐. 중매쟁이처럼 다리를 놔주셨더랬습니다. 그리고, 그걸로 끝입니다. 만나자는 말씀도, 잘 지내냐는 안부도 우리 둘 사이엔 없었습니다. 패밀리란 말을 들으면서도, 전 선생님의 영화 한 편 보러 간 적이 없고, 연극도 〈잘 자요, 엄마〉를

보러 간 게 전부입니다.

선생님 말씀대로 저는 깍쟁이고, 제 표현대로 선생님도 깍쟁입니다. 극본에 촬영에 녹아나는 일정을 아니까, 전화 한 통화도 얼마나 부담스러울까 서로 심하게 깍쟁이처럼 배려하죠. 근데 묘합니다. 깍쟁이 같은 우리 관계가 저는 갈수록 너무 좋습니다. 아껴 보는 관계. 그래서, 선생님이 텔레비전에 나오면 제 극본이 아니어도 저는 신이 납니다.

'아, 노친네, 그새 주름이 늘어, 더 멋있네.'

'뭐 발랐나, 오늘은 되게 예쁘네.'

'저 손 한번 잡아봤으면….'

선생님의 크고 두툼한 손은 보기만 해도 설렙니다. 유치해도 어쩔 수 없는 표현입니다.

일 년에 한두 번 전화하는 선생님의 수다가 길어질 때가 있습니다.

'목욕탕에서 들은 얘긴데, 어느 여자가 남편이 있는데, 다른 남자를 만나며….'

'동네 사는 할머니한테 들은 얘긴데, 글쎄 그 집 아들이….'

솔직히 말하면 선생님이 전해주는 이야기보다 선생님의 목소리 자체가 저는 더 좋습니다.

이즈음은 선생님의 전성기입니다. 사방팔방 온갖 작품에서 선생님만 찾습니다. 배우는 늙지 않는다, 다만 완숙해진다는 말을 만천하에 입증하시며, 선생님은 뛰어다니십니다. 어느 날은 촬영장에서 선생님이 쓰러졌다는 말까지 들었을 정도니까요. 그 말을 전해들은 날 코끝이 찡했습니다. 노친네 몸 좀 살피지. 며칠 후 불안하게 전화한 제게 선생님은 웃으며 말씀하셨죠.

'나는 행복해, 희경 씨.'

누가 배우 나문희를 한마디로 답하라면, 저는 세상에서 가장 욕심 많은 배우라 말할 겁니다. 그리고, 또 누가 인간 나문희를 한마디로 답하라면 이렇게 말할 겁니다. 화면에 단 한 컷도 거짓이었던 적이 없었던 인간이라고요.

늘 서민의 어머니로 살려면, 남들이 보지 않는 순간에도 잠자리에서도 길거리에서도 부엌에서도 서민으로 살아야 한다고, 핏속마저 살 속마저도 거짓은 안 된다고, 그래서 늘 정말 낮게낮게 모든 자릴 임하는 선생님을 저는 고작 흉내나 내며 따라갑니다.

선생님께 아직 배울 게 천지입니다.
너무 이르게 늙지 마십시오.
그리고 선생님이 제게 주신 고무줄이 들어간
5천 원짜리 몸빼바지는
여름에 글 쓸 때 정말이지 좋습니다.
십 년 넘게 입었더니, 고무줄이 삭았네요.
다시 새 고무줄로 끼울 겁니다.
몇 번 기우기도 했는데, 안 버릴 생각입니다 .
그걸 입고 있을 때 꼭 작가 같다는 생각이 들거든요.
천 번 만 번 당부해도 모자랍니다.
정말 건강하시고, 오래오래 사십시오.

한지민,
그대가 있어
살맛이 난다.

내 고향은 경남 함양 지곡면 개평리 152번지다. 그 집은 내 할머니의 집도, 아버지 어머니의 집도, 가까운 삼촌의 집도 아닌, 촌수가 너무 멀어 헤아릴 수 없어 그냥 고모라고 불렀던 분의 집이다. 어머니가 서울서 살다 친할머니의 집에 놀러 갔다가, 집이 비좁아 잠시 고모 집에 머물렀는데, 그곳에서 나를 낳으신 것이다. 이후, 친할머닌 그곳을 떠난 덕에 내 고향은 생뚱맞은 번지수를 달고 있다.

이렇다 보니, 함양은 내게 본적지일 뿐이요, 내 진정한 고향은 유년 시절을 보낸 마포의 산동네다. 서울 마포구 도화1동 산2번지. 지금 그곳은 없다. 높은 고층 아파트가 즐비한 부촌이 되어, 어디서도 옛 모습을 찾아볼 길이 없다. 그러나 나의 기억 속에 마포는 여전히 산2번지로 기억된다. 주정꾼이 밤을 넘어서 낮까지 악을 쓰고, 배운 자들이 없는 곳. 누구의 엄마는 집을 나가거나, 누구의 아빠는 반드시 술주정뱅이이거나, 하루 벌어 하루 사는 일용 노동자이거나, 자신의 처지만큼 가난한 여자와 다른 곳에서 살림을 차렸거나 했다.

그래도 그곳이 마냥 음습하지만은 않았던 건, 근처에 산촌동이라는 너른 공터에 개구리가 뛰어놀고, 메뚜기가 뛰어놀고, 살진 강아지풀들이 자랐기 때문이다. 그리고, 폐수를 잔뜩 머금었더라도 애들의 좋은 놀이사냥감이었던 민물조개가 자라는 한강이 있었기 때문이다. 친구들이 있었기 때문이다. 가난을 피해 도망가지 않았던 참 이쁘디이쁜 엄마들이 있었기 때문이다.

나는 그곳이 지금도 마냥 좋다. 밤이면 텔레비전이 있는 동네 몇 집을, 텔레비전 없는 나와 내 형제와 친구들은 염치없이 기웃거렸었다. 그때 우리를 귀찮아하며 문을 닫지 않은 집이 나는 지금 너무도 감사하다. 우리는 그 집들 덕에 텔레비전이 없어도 구미호를 알았고, 원더우먼을 알았고, 육백만 불의 사나이를 알았고, 즐거웠다.

하루 1달러 미만으로 사는 (필리핀) 알라원 사람들에게 갔다. 고구마만 먹어 키가 자라지 않는, 피임을 몰라 한 집에 애가 열두 명이나 되는, 글을 몰라 일한 돈을 받지 못하는 그곳에 가며, 나는 도화1동 산2번지를 생각했다. 그리고 바라고 바랐다. 거기에 부디 산촌동 같은 개구리가 자라고 메뚜기가 자라고 강아지풀이 자라는 공터가 있기를, 거기에 부디 가난에 찌들어도 애를 이뻐라 하는 엄마가 있기를, 거기에 부디 햇살이 있기를, 거기에 부디 함께 고단한 생을 웃음으로 부대끼는 형제가 있기를.

알라원은 기대 이상이었다. 새가 있고, 햇살은 작열하며, 우림은 우거질 대로 우거져 있고, 우림의 나무는 아름다우며, 집을 떠나지 않은 엄마와 아빠가 있었다. 게다가 그들의 웃음은 어찌나 맑은지. 나는 그곳에 가면 울 줄 알았는데, 울지 않았다. 내 생에 그렇게 맘 놓고 웃어본 적도 없는 듯하다.

글 한 줄 가르쳐주면, 노래 한 소절 가르쳐주면, 고구마 대신 알랑미

(안남미) 한 그릇만 주면, 그렇게 깔깔 대고 웃는 애들이 있는데 울 일이 뭐 있겠는가. 텔레비전의 일일연속극만 보여주고, 야간 프로는 보여주지 않은 이웃집 사람들이 야속하기보단 그거라도 보여줘 좋았던 것처럼, 이 애들도 우리가 보낸 몇 박 며칠의 날이 오래 머물지 않아 야속하기보단, 함께 웃었던 추억 하나면 나는 족하다 생각했다. 그런데, 같이한 여러 동료들과 한지민이 그러지 말자 한다. 지속적으로 이들에게 공책을 보내고, 기생충 하나로 생사를 오가니 약도 보내고, 중학교에도 보내고, 고등학교도 보내보자 한다. 그 맘에 참았던 울음이 울컥 나온다. 나는 가난을 당해봐서 그런 맘도 낼 수 있지만, 귀하디귀하게 자란 한지민에게 이런 맘은 절대 쉽지 않다. 근데 요 조그만 여자애가 무슨 맘이 그리 큰지, 언제나 선뜻선뜻이다.

해발 2천미터가 넘는 18킬로미터를 걸어야만 하는 죽어라 힘든 산행, 그것도 한 뼘밖에 되지 않는 좁은 산길을 원주민처럼 날쌔게 가서,

국 하나에 김 하나를 반찬 삼아 날아가는 알랑미를 먹으며 맛있다고 소리칠 때도 이쁘더니, 난장 같은 학교 마룻바닥에서 불편함을 말하기보단 달디달게 잠자는 것도 참 이쁘더니, 거머리에 물려서도 뭐가 재밌는지 툴툴대지 않고 깔깔만 대더니, 다녀와선 또다시 도네이션 북을 만드는 이쁜 일을 벌인다.

사실 한지민은 벌써 햇수로 3년 넘게 한국 JTS 홍보대사 일을 꾸준히 하고 있다. 3년여 같이하며, 솔직히 지민에게 너무 고마웠다. 그런데, 나는 한 번도 제대로 고맙다 말한 적이 없다. 워낙 살갑지 않은 성격도 있지만, 쑥스러웠다. 그런데 이 자릴 빌어 정말 고맙다 말하고 싶다. 지민이가 있어서, 나도 지금껏 제3세계 하루 1달러 미만의 아이들을 포기할 수 없었다고 말하고 싶다. 좋은 친구는 좋은 스승 못지않다. 나의 어린 스승, 한지민에게 다시 한 번 감사하다.

한지민, 그대 덕분에 세상이 좀 더 살맛이 난다.

좀더 편히,
좀더 밝게
살아보자... 우리.

노희경

노희경이 표민수에게,
표민수가 노희경에게.

•노희경이 표민수에게•

만나자마자 가방부터 받아주는 버릇은 여전하군요. 당신의 이런 모습에 번번이 감동하고 있다는 말을 해준 적이 있던가요.

요즘도 가끔 우리의 첫 만남을 떠올립니다. 1996년 나문희 선생님의 소개로 우리 둘이 처음 만났던 그때, 내 나이 꼭 서른이었죠. 그러고 보니, 당신은 내게 서른에 보내진 선물인 셈이군요.

지금도 그날을 생각하면 쿡 웃음부터 납니다. 너무도 세련되고 깔끔해서 내 '과'가 아니라고 생각하고 있던 참이었는데, 당신의 입에서 튀어나오는 건 뜻밖에도 촌스런 경상도 사투리였죠. 그날, 술도 잘 못하는 우리들은 차 한 잔을 앞에 두고 참 많은 이야기를 나누었습니다. 무려 여섯 시간 동안이나 말입니다. 그때 나눈 이야기들은 그대로 에이즈 환자의 사랑과 상처를 그린 〈아직은 사랑할 시간〉이라는 단막극이 되었지요.

처음 만난 사람들끼리, 앉은 자리에서 대본 하나를 다 써낸 겁니다.

그때 당신이 내게 물었던 말을 지금도 생생히 기억합니다. 남편이 에이즈에 걸렸을 때 아내는 그 남편과 잘까요? 그 질문은 너무 무겁고 또 너무 새로워서 나를 긴장시켰습니다. 다음 스토리를 어떻게 이어갔으면 좋겠냐는 질문 대신, 계속해서 '당신이라면'으로 시작되는 것들을 물어댔죠. 대답을 하고 나면 다시 '왜'라는 질문이 돌아오고, 그런 식으로 우리는 이야기를 잇고 또 이었습니다.

생각해보면, '참 잘 끼운 첫 단추'였다는 생각이 듭니다. 그날부터, '이야기를 어떻게 만들까'보다 '인간은 뭐고 사랑은 뭘까' 그런 이야기를 더 많이 나눠온 것 말이에요.

그 숱한 '수다'가 아니었다면 일상의 사소한 감동을 드라마에 녹여내는 길에 우리는 끝내 이르지 못했을지도 모릅니다. 이런 고백 쑥스럽지만, 당신은 내게 '등대' 같은 친구입니다. 내가 뭘 발견해내고 그걸 본 내 눈이 옳았는지를 물으면 언제나 최선을 다해 '판결'해줌으로써, 내가 걷는 길을 환하게 밝혀줬잖아요.

기왕에 낯간지러운 말을 시작한 김에, 당신을 참 아름다운 연출자로 생각한다는 고백까지 해둡니다. 우리의 정신이나 육체를 대변하는 게 연기자와 스태프라는 걸 너무 잘 아는 당신은 절대로 사람 위에 군림하지 않지요. 아무리 사소한 일이라도 그것을 움직이는 모두의 역할을 동등하게 인정하는 모습이 늘 보기 좋습니다. 사람을 사랑할 줄 아는 사람과 함께 일할 때의 기쁨만 한 것이 세상 어디에 또 있는지 나는 알지 못합니다.

뿐인가요. 화면 자체의 아름다움에 눈이 멀어, 화면 안에서 어떻게 하면 인물의 감정을 제대로 살릴 수 있는지를 고민하지 않는 '우'를 당신은 한 번도 범하지 않았지요.

함께 작업하지 않을 때도 자주 통화하던 우리였습니다. 지난해 당신이 연출했던 〈푸른 안개〉를 보고 '나와 함께할 땐 보여주지 않았던 것

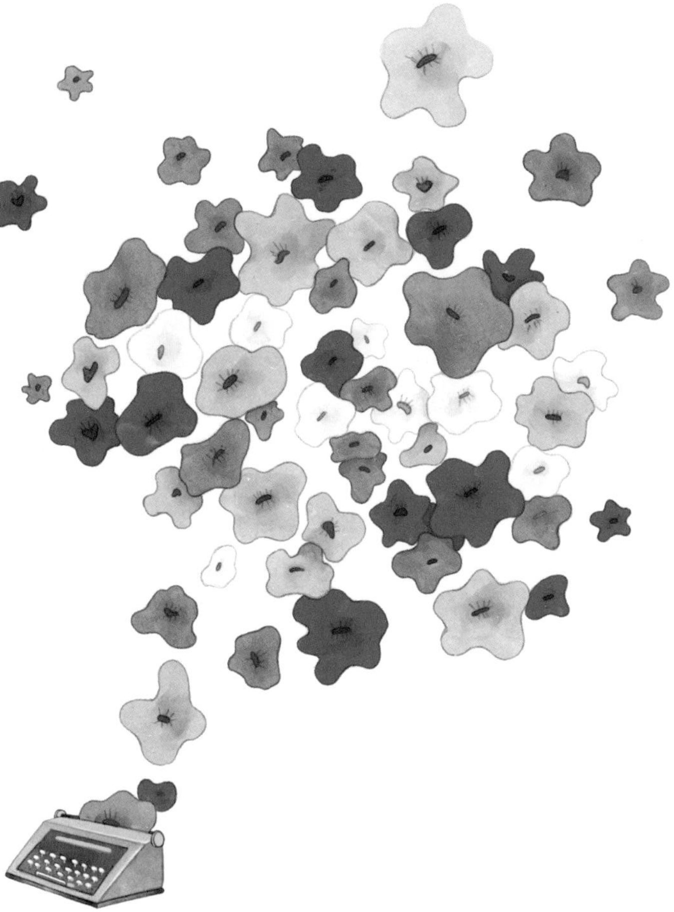

들이 보인다'고 했던 것은 괜한 말이 아니었어요. 솔직히 당신의 연출 감각을 누구보다 믿고 좋아하는 내게도 한 가지 불만은 있었답니다. 감정이 디테일한 데 반해 너무 템포감이 없다고 생각한 적이 많았는데, 그 작품에선 바로 그 템포감이 느껴지더군요.

각오해요. 이번 〈고독〉에서 그 '덕'을 톡톡히 볼 생각이니까요.

• 표민수가 노희경에게 •

가방 좀 들어준 거 갖고 그러지 말아요. 글 쓰느라 몇 날 며칠 지방에서 끙끙대고 온 사람을 위해 고작 그 정도밖에 해줄 수가 없다는 게 오히려 미안한걸요.

처음 만난 날 생각은 나도 가끔 합니다. 어쩌면 사람의 눈이 저렇게 맑을까, 나는 그렇게 생각했는데 당신은 내 사투리를 듣고 웃었다니 좀 섭섭해집니다. 그땐 우리 둘 다 신인이었습니다. 나는 데뷔 준비 중이었고, 당신은 갓 두 편의 단막극을 끝냈지요. 말하자면, 우린 함께 성장해온 겁니다.

우리가 나눈 그 많은 이야기들을 어떻게 일일이 기억할까요?

〈거짓말〉 촬영 때였을 겁니다. 사람들의 평판이 제법 좋았지만, 남들의 칭찬(혹은 우리끼리의 자화자찬)을 '청산가리'로 생각하기로 한 우리들은 그날도 반성해야 할 것들에 대해 이야기를 시작했을 겁니다. 앙카라공원 벤치였죠. 저녁 무렵에 이야기를 시작했는데, 동편으로 훤하게 동이 터오는 걸 보고 참 많이 당황했잖아요.

〈바보 같은 사랑〉 때는 또 어떻구요. 시놉시스 단계에서 결말이 이미 만들어지는 다른 드라마와 달리, 상우(이재룡 분)를 옥희(배종옥 분)에게 보내야 할지, 영숙(방은진 분)에게 보내야 할지를 놓고 우린 거의 마지막까지 함께 고민했습니다. 끝내 우리는 옥희의 손을 들어줬지요. 처음에 난 영숙의 편이었습니다만, 사랑의 손을 들어주고 싶어 한, 고통받아온 사람들에게 그렇게라도 선물을 주고 싶어 한 당신의 그 결 고운 마음을 거역할 수 없었습니다.

돌이켜보면, 당신은 늘 그런 식이었습니다.

고통받는 사람을 외면하지 못하고, 그들의 상처에 약을 발라주거나 선물을 줘야만 직성이 풀렸어요. 나는 그게 늘 좋았습니다.

어떻게 잊을 수가 있겠습니까.

〈바보 같은 사랑〉 첫 회가 드라마 사상 최악의 시청률을 기록했던 날을 말입니다.

"방송되기 전에 이미 완제품을 세상에 내놓은 상태이고, 시사회 반응도 너무 좋았다. 이건 우리 잘못이 아니다. 그냥 그런 결과가 나온 거지."

당신이 했던 말입니다. 그때 당신의 그 씩씩함이 겉으론 의연한 척 하면서 속으론 몹시 당황했던 내게 얼마나 큰 힘이 됐는지 모릅니다. 나중에 당신이 말했습니다. 사실 잘못이 있었다고, 하지만 그때 우리라도 그렇게 믿지 않으면 좌초하고 말 것 같았다고.

결국 드라마는 (시청률과 상관없이) 많은 사람들에게 사랑의 '치유력'에 대해 생각하게 하는 좋은 기회를 준 채 종영됐고, 우린 성공과 실패의 책임을 두 어깨에 나눠 졌지요. 늘 그렇듯 아주 공평하게요.

배우와 스태프에 대한 존중에 관한 거라면 나도 할 얘기가 많습니다. 당신이 나보다 더하면 더했지 절대 못하지는 않으니까요. 배우들을 직접 만나 세세한 버릇 하나하나까지 드라마에 풀어 넣는 일이나, 배우의 사소한 질문 하나라도 그냥 넘기지 못하는 모습을 너무 자주 봤어요. 어떻게 하면 배우와 스태프가 고생을 크게 하지 않으면서 인물의 감정을 최대한 살려낼 수 있을까, 대사 한 줄 쓰는 일에조차 그 생각을 놓은 적이 없습니다. 당신이야말로 사람을 사랑할 줄 아는 작가입니다.

당신도 알다시피 〈고독〉은 프리랜서로 독립한 이후, 내 첫 작품이에요. 다시 신인으로 돌아간 겁니다. 각오해요. 멋진 '데뷔'를 하는데, 점점 더 멋진 작가가 돼가는 당신 '덕'을 톡톡히 볼 생각이니까요.

° 이 글은 프리랜서 작가 박미경 님이 노희경 작가와 표민수 감독의 인터뷰를 편지 형식으로 재구성한 글입니다. 〈KBS 저널〉 2002년 10월호

〈슬픈 유혹〉을 끝내놓고。

2년간의 기획, 두 달의 집필 기간, 일곱 번의 대본 수정, 50번이 넘는 퇴고. 나는 지금껏 이렇게 힘들게 대본 작업을 해본 경험이 없다. 이 글을 쓰기 위해 왜 그렇게 긴 시간이 필요했을까. 내 모자란 머리 탓이었을까, 아니면 닫힌 마음 때문이었을까. 지금도 그 이유에 대해 생각한다.

이 작품이 잘됐느냐 못됐느냐, 방송이 된 지금에 와서 그것을 논하고 싶지 않다. 다만 이 작품을 만드는 내내 감독과 나는 정말 진지했다. 우리는 대본을 쓰는 시간보다, 촬영을 하는 시간보다 더 많은 시간을 이 작품의 존재 이유에 대해 고민했다. 우리가 이 사회의 굳은 편견을 조금이라도 흔들 수 있을까, 우리가 진정 사람이 사람을 사랑한다는 것에 대해 경건해하고 있나.

내가 존경하는 선생님께선 드라마가 세상을 조금 아름답게 만들 수 있다는 믿음 때문에 글을 쓰신다고 했다. 나 역시 그것이 드라마를 쓰는 이유다. 혹자는 이 드라마를 두고 역겹다고 한다. 그 사람에게 미안하다. 하지만, 나는 이 드라마를 쓴 것에 대해 후회하진 않는다. 이 세상 사람들 어느 누구도 나와 다르다고 해서, 소수라고 해서, 소외됐다고 해서 손가락질 받을 이유는 없다.

나는 내 아이를 낳는다면 그 아이에게 이렇게 가르칠 것이다.

언제나 소수의 편에 서라.
너와 다른 사람을 인정해라.
소외된 사람에게 등 돌리지 마라.
그리고 혹 네가 소수에 끼는 사람이 되더라도
소외받는 사람이 되더라도 좌절하지 마라.

°늙은 여자에게 경배를
—〈오십에 길을 나선 여자〉°

혼자서는 24시간이 마냥 버겁던 시절이 있었다. 나의 뿌리까지 뒤흔드는 폭풍 같은 격정과 소름 돋치는 흥분과 한없는 너그러움을 두루 갖춘, 정말 가당찮은 애인이 옆에 상주하길 기대했던 시절, 서로에게 서로가 목매는 친구들이 절실히 필요했던 시절 역시 있었다.

그리고 내가 하는 작업이 단순한 생계의 목적만이라는 사실이 못내 구차스레 느껴졌던 한때와 지금 이 순간이 있다. 나는 누구며 내 옆에 있는 이는 누구이고 우리는 왜 철저히 각자들이며 또한 어디로 가는가. 그것만이 밤으로 낮으로 떠오르는 이 시기.

그런 시기적 배경이 맞아떨어져서일까.《오십에 길을 나선 여자》의 저자 조앤과 나는 참으로 괜찮은 시기에 괜찮게 만났다.

그간 나는 페미니즘을 부르짖으며 성공한 여자들의 자전적 에세이는 단 한 권도 읽지 않았다. 편견이라고 해도 어쩔 수 없었지만, 어쨌든 이 책을 펼쳐 들 때 약간의 거부의식이 있었다. 성공한 여자들 뻔하지 뭐, 신세한탄에 남성피해의식에 자기우상 만들기. 그런데 웬걸 이 여잔 뭔가 다르다.

조앤은 오십에 뜬금없이 남편과 별거를 선언하고, 유년이 있는 시골의 오두막으로 길을 떠난다. 나를 만나겠다, 내 삶을 살겠다는 목적도 없다. 떠나고 싶은데 떠날 곳이 그곳밖에 없었을 뿐이다. 그런데 그렇게 떠난 길에서 그녀는 삶의 가장 중요한 순간을 맞는다. 계기는 미천하다. 무료한 시간을 때우기 위해 인근 바닷가에서 물개와 수영을 하면서, 그리고 고장 난 온수기의 수리비를 벌기 위해 조개잡이 아르바이트를 하면서. 칼럼니스트였던 그녀가 때마침 일자리를 잃고, 오롯이 먹고 살기를 목적으로 생선가게를 찾는 대목이 있다.

"돈이 필요해요. 일을 줘요. (그러다 자격지심이 일어나, 자신을 포장하고 싶어져 : 내 생각) 나는 작가예요. 경험이 필요해서…."

나는 왜 이 별것 아닌 대목에서 왈칵 그녀에게 쏠렸을까. 어느 날 작가로 밥 먹는 내가 일거리가 잘려 새로운 일을 해야만 할 때 나는 과연 그녀처럼 생선 대가리를 쳐야 밥을 먹는 생선가게를 기웃거릴 수 있을까? 자신 없었다. 이후 나는 그녀의 글을 아무런 선입견 없이 읽어낼 수 있었다.

그녀는 세 끼의 도시락을 챙겨 갯벌로 조개잡이를 하러 갈 때도 감상을 섞지 않는다. 1,200달러의 수리비를 벌려면 몇 바구니의 조개를 캘 것인가에만 관심이 있다. 경이로웠다. 결국은 먹고살기 위해 글을 쓰면서 끊임없이 그것을 포장하려드는 내게 — 가령, 우매한 시청자들에게 인생이 이런 것이다 가르쳐야 하지 않는가? 아, 사람들은 정말 뭘 모르고 사네, 답답하네, 그러니 내가 나서서… — 그녀는 그것이 얼마나 자만한 일인지 일깨워준다. 밥을 먹여주는 일에 대한 최소한의 양심, 경의를 그냥 몸으로 느끼게 한다.

아는 이 아무도 없는 곳에서 무작정 자식이 오기를 기다리며, 이미 자식들은 자식들대로 잘 살고, 나는 나대로 잘 살고 있구나, 라고 깨달

는 그녀를 보며, 단순히 돈 벌고 힘들면 샤워하는 그녀를 보며, 나는 참으로 단순하고 소박한 삶만이, 그리고 긴 외로움 속에서 자신과 대화하는 일만이 '의미로움'을 깨닫는다.

1년간의 단순한 노동과 무작정 혼자 있기를 통해 그녀는 참으로 많은 것을 느끼고 오래도록 운다. 신파여도 그 눈물에 나는 같이 마음을 내준다. 그리고 그녀처럼 늙어, 늙음이 주는 지혜를 경이롭게 기다리기로 한다. 늙은 여자에게 경배를!

난 당신을 위로해주고 싶었어요.

할 수 있다면 도와주고 싶었어.
사람이 사람을 위로할 수 없다면,

이 힘든 세상 어떻게 살아!

— 슬픈 유혹

°친구들에 대한
몇 가지
편견들。

조카들이, 어린 친구들이, 가장 많이 물어오는 게 친구에 관한 물음입니다. 사실 물음이라 하기엔 어법이 좀 그렇지요.

나는 친구가 없어.

나는 친구랑 사이가 안 좋아.

내 친구 누구는 너무 질투가 많아.

우리 주변 애들은 못돼 처먹었어.

날 이해 못해.

사는 게 그렇지 않아, 뭐 다들 지 잇속 따라 사니까.

친구는 무슨… 적이나 아니면 다행이지.

지들끼리만 놀고.

저마다 이미 자기의 경험 속에서 나름 정의를 내리고 확신을 가지고 이야기합니다. 이 말을 들을 때 대부분 바쁜 나는 성의 없이 대답합니다.

그러게, 좀 잘하지.
준 만큼 받는 거야.
네가 잘했어봐라, 왜 친구가 없나.

내가 이 말을 하는 순간 애는 이미 등을 보입니다. 가뜩이나 맘 다친 아이에게 더 맘 다치는 소리만 하는 걸, 알아채기는 쉽지 않습니다. 몇 날이 지난 뒤에 아니면 몇 년이 지난 뒤에나, 차라리 말을 말지 그딴 말은 왜 했나 싶어지죠.

엊그제도 조카아이가 친구와 이즈음 사이가 별로 안 좋다는 말을 들었습니다. 어쩐 일인지, 그 말을 듣는 순간 '또 별일 아닌 걸로' 하는 생각보단 애 마음이 안 좋겠다는 생각이 먼저 듭니다. 맘도 짠해지고요.

그러며 생각했습니다. 친구에 대한 내 생각들을 차분히 정리해서 알려줘야겠다. 지금 말하면 아이들이 들을 준비가 안 됐을 수도 있으니, 그냥 지금은 정리해두고 나중에 지들이 맘이 날 때 내 글을 보면 혹여 도움이 될지도 모를 일 아닌가. 안 돼도 별 수 없고. 그래서 지금 정리합니다. 정말, 어려서는 그렇게 생각했습니다.

친구는 소중한 것이고,
나보다 먼저 친구를 챙겨야 하며,
친구와의 의리를 지키는 것은 목숨만큼 중요하며,
나는 늘 친구의 편에 서야 하며,
주고도 바라지 않는 게 친구 관계여야 하며,
친구가 외롭고 괴로울 땐 항상 옆에 있어야 하며…

그러나, 철이 들며 알아가는 것은 전혀 다릅니다.

그 누구도, 친구 아니라 부모와 형제도

나 자신만큼 소중할 순 없고,
목숨을 담보로, 재물을 담보로,
그 어떤 것을 담보로 의리를 요구하는
친구는 친구가 아니다.
늘 친구의 편에 선다는 것이 반드시 옳진 않다.
주고도 바라지 않기란 참으로 힘이 들다.
살다 보면 친구를 외롭고 괴롭게 버려둘 때가
허다하게 많다.
그럼에도 불구하고 친구가 되는 것이 친구다.

친구가 꼭 필요하냐는 질문에도 전과는 생각이 다릅니다. 전엔 반드시 친구는 필요하다 느꼈지만, 없으면 없는 대로 살아갈 수도 있어야 한다는 생각이 드니까요. 친구 하자, 친구 하자 하며 허덕이며 세상을 헤매느니, 없으면 없는 대로 혼자 놀 방법을 준비해야 한다 말하고 싶어집니다.

그리고 세상의 모든 친구에 대한 정의가 그 누군가를 향해서 하는 말이 아니라, 오직 자신에게 물어보는 질문임을 아는 것이 정말 중요하다는 것도 말해주고 싶습니다. 그렇게 살다 보면 어느 한순간, 친구가 좀 못해도 나도 못하니까 별로 서운함도 없을 거고, 내게 말 한마디 걸어주는 세상 모든 사람들이, 준 것도 없는데 따뜻한 빛을 주는 해님이, 바람 주는 바람이, 보든 말든 피어 있는 들꽃마저도 너무도 감사한 마음이 한순간이나마 일게 될 거란 것도요. 그때가 되어야만 비로소 세상이 살 만하단 걸 알게 될 거란 말도 함께요.

어머니가 말씀하셨다. 산다는 건,
늘 뒤통수를 맞는 거라고.
인생이란 놈은 참으로 어처구니가 없어서
절대로 우리가 알게 앞통수를 치는 법은 없다고.
나만이 아니라, 누구나 뒤통수를 맞는 거라고.
그러니 억울해 말라고.
어머니는 또 말씀하셨다. 그러니 다 별일 아니라고.
하지만, 그건 육십 인생을 산 어머니 말씀이고,
아직 너무도 젊은 우리는 모든 게 다 별일이다. 젠장.

— 그들이 사는 세상

◦ 4부 ◦

인생은 두 번 다시 오지 않는 것

드라마는 인간이다. 작가는 무엇보다 인간에 대한 이해가 우선이어야 한다. 늘 그리 말하면서, 실상 나는 내가 이해할 만한 인간만 이해하는 수준은 아닌가? 만약 그렇다면, 얼마나 편협한가.

°아름다운 상상
—다시 生을 시작할 수 있다면 못다 한 효도부터 하리라。

요즘 나는 이러저러한 이유로 서울을 떠나 용인에 거처를 두었다. 별장을 마련한 것도, 전원주택을 지어 온 것도 아니다. 그저 얼마 전 새로 이사 간 종로의 집에 골치 아픈 문제가 생겨 그곳에서 글쓰기가 곤란해진 까닭에, 아는 어른 집에 방 한 칸을 빌려 기숙하는 정도다.

남들 같으면 제 집 두고 남의 집 방 한 칸에 기숙하는 게 말할 수 없이 불편한 일일 수도 있겠으나, 유랑(?)이 몸에 밴 나는 남의 집이 내 집인 양 편하다.

1986년 고향 같은 마포—본래 내 고향은 경남 함양이나, 그곳은 그저 부모님이 어느 날 조모를 뵙기 위해 찾아갔다가 불시에 나를 낳은 곳일 뿐, 내 유년의 기억이 머무르는 곳은 아니다. 마포는 부모님이 처음 집을 마련하고, 내 형제가 출가한 이 없이 오롯이 한 집에 모여 살았던 유일한 곳으로 그리운 유년과 요란한 가족사를 간직한 진정한 내 고향이다—를 떠나 나는 무려 예닐곱 곳을 전전하며 살았다.

마포를 떠난 건 내 의지가 아닌 부모님의 선택이었고, 부모님이 선택한 성남을 떠난 건 그곳에서 모친이 돌아가시자 마음 달래기가 어려웠기 때문이다.

이후 불광1동에서 불광2동, 3동으로, 다시 홍제동으로, 그리고 다시 몇몇 곳을 떠다닌 이유는 대개의 사람들이 그렇듯 해마다 오르는 집값 때문이었고, 덧붙여 하나의 이유가 더 있다면 '이번엔 어느 동네에서 살아볼까?' 그 길들여진 유랑병 때문이다.

스물이 넘어 성인이라는 훈장 아닌 훈장을 달고부터 나는 부모님의 언명을 수없이 거스르며 거의 매주 방방곡곡을 떠돌았다. 주머니에 단돈 몇천 원만 있으면 삼박 사일 집 밖을 떠도는 데 문제가 없었다. 자신하건대 노숙자가 아닌 이상, 집 밖을 떠도는 데 나만한 노하우를 가진 사람도 드물 것이다.

각설하고, 요즘 나는 용인에서 삶의 새로운 진리를 깨쳐가며 산다.

어른들과 있는 탓에 아침 8시에 자리를 털고 일어나 한 수저라도 밥알을 뜨고(대개의 나는 새벽 3, 4시에나 자고, 아침이라고 하기엔 무색한 시간인 11시에 일어나, 점심을 먹었다) 작업을 시작해(새로이 시작하는 드라마) 여덟 시간 이후면 마무리 짓고 밭으로 나간다. 이 밭은 현재 내가 거처하고 있는 집안의 어른 두 분이(나는 그분들을 어머니, 아버지라고 부른다. 나이를 먹다 보니, 나를 아니 낳아주셨다 하더라도 내게 정을 주는 분이면 모두 어머니, 아버지라 불러야 도리임을 알게 됐다) 동네를 어슬렁거리다가 맨땅으로 노는 곳을 개간해 만든 밭이다.

풍문에 의하면 이 땅은 몇 년 후 재개발이 돼 큰 병원이 들어선다고 한다. 하나, 어찌됐든 현재 그곳은 내가 아는 두 어른의 밭이요, 그 일대 아파트 주민들의 밭이다. 그곳엔 믿을 수 없을 만치 여러 작물이 자란다. 콩과 옥수수, 참깨와 들깨, 케일과 담배상추, 대추토마토와 방울토마토, 고추와 쑥갓, 열무와 고구마, 감자와 호박, 오이와 가지, 아욱과 근대….

나는 그곳에서 처음으로 밭의 김을 매고, 열매도 따보았다. 손톱에 풀물이 들고, 벌레에 헌혈하고, 그래도 나는 하루도 거르지 않고 밭에 나간다. 자연과 더불어 노는 재미 이외에 그곳에 정성을 다하는 여러 어른을 보기 위함이다. 그 어른들은 하나같이 자신을 위해 밭을 일구지 않는다. 이미 그들을 떠나 일가를 이룬 자식들을 위해 그들은 장대비 오는 우기에도 밭을 떠나지 못하고 맴맴 돈다.

짐작건대 자식들은 그 어른들의 그 마음과 노고를 백 분의 일도 알 수 없으리라. 약을 치지 않아 벌레 먹은 순수한 채소를 보고 "뭐한다고 이런 걸 가져다주느냐, 마트에 가면 싱싱하고 예쁜 채소가 얼마나 많은데." 그리 통박이나 주지 않으면 다행일 것이다.

나 역시 이곳에 오지 않았다면, 아니 십 년 전처럼 모친이 살아만 계셨더라도 그 어른들의 자식처럼 그리 말했을 것이다. 그러나 나는 지금 모친을 다시 이 자리로 모실 수 없는 곳으로 보냈고, 부친 역시 노쇠해 어느 날 일을 치를지 모를 지경에 있다. 그리고 서른 후반을 지나 마흔이라는 깊은 나이로 치닫고 있다.

상상한다. 지금 내게 모친이 있고, 부친이 건강해 매일같이 손잡고 밭을 드나들며 "토마토가 튼실하게 잘 자랐네." "어머니가 준 닭똥 거름이 좋았나 보네." "오늘 밤은 호박잎에 밥 먹을까?" "호박잎은 많이는 건드리지 마라, 열매가 튼실치 못하게 된다." 등의 말을 나눌 수 있다면, 바랄 게 없겠다. 울 일도 없겠다.

글을 쓰는 와중에 내 마음에 또 다른 내가 묻는다.

"너 정말 지난날로 다시 돌아가고 싶으냐?"

"그거는 아니고!"

강하게 부정한다. 지금이 좋다. 불효했던 그 시간으로 돌아가고 싶지 않다. 매일 부표처럼 떠다니는 나를 기다리기 위해 동네 어귀 가로등에 기대 한숨지었을 어머니를 죄스러워 다시는 보고 싶지 않다.

다만, 단서가 붙는다면, 아름다운 상상이 가능하다면, 지금처럼 철들고 지금처럼 부모 소중한 걸 아는 마음으로, 바로 이 순간부터 생(生)을 다시 시작한다면, 물론…, OK다. 두 말할 나위 없이 두 손 들고 OK다.

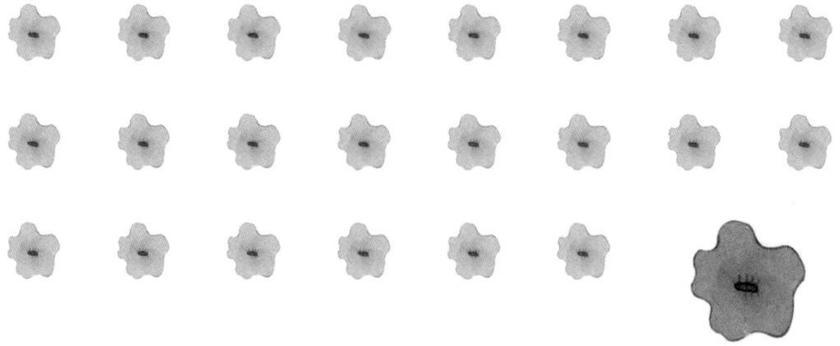

누가 나에게
부모님이 다시 살아돌아온다면
무얼하고 싶냐, 물습니다.
나는 대답했습니다.
거친 손가락 마디마디 한번 만져보고
애인에게만 했던 뜨거운 입맞춤도 하고
같이 나란히 누워 잠자리 한번.

노희경

°안부를 묻다。

건강들 하신지요?

행복들 하신지요?

사랑이 힘겹진 않으신지요?

부모와 형제가 미치게 버거워도

여전히 껴안고들 있으신지요?

잠자리에선 꿈 없이 주무시는지요?

비 오는 날엔 울음 없이들 비를 보시는지요?

맑은 날도 좋아들 하시는지요?

낙엽이나 고목들을 보면서도

기대를 버리진 않으시는지요?

여린 새순이 좋으신지요?

라일락이 아카시아와 같이 피고 지는 지금의 기후들이 안타까우신지요?

잎과 꽃이 만나지 않는다는 상사화를 혹여 보셨는지요?

정말 불행하진 않기를 원하는데, 정말 그러신지요?

지금 그리운 것들이 모두 그대들 옆에 있으신지요?

저는 괜찮은데,

정말 그대들도 괜찮으신지요?

°다시
가슴이
먹먹해집니다。

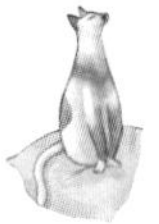

그는 초췌했다
–내 딸을 백 원에 팝니다
그 종이를 목에 건 채
어린 딸 옆에 세운 채
시장에 서 있던 그 여인은

그는 벙어리였다
팔리는 딸애와
팔고 있는 모성(母性)을 보며
사람들이 던지는 저주에도
땅바닥만 내려보던 그 여인은

그는 눈물도 없었다

제 엄마가 죽을병에 걸렸다고
고함치며 울음 터치며
딸애가 치마폭에 안길 때도
입술만 파르르 떨고 있던 그 여인은

그는 감사할 줄도 몰랐다
당신 딸이 아니라
모성애를 산다며
한 군인이 백 원을 쥐어주자
그 돈 들고 어디론가 뛰어가던 그 여인은

그는 어머니였다
딸을 판 백 원으로
밀가루 빵을 사 들고 어둥지둥 달려와
이별하는 딸애의 입술에 넣어주며
–용서해라! 통곡하던 그 여인은

— 장진성 〈내 딸을 백 원에 팝니다〉

오늘 이 시 하나 때문에
잠도 들지 못하고
드라마도 쓰지 못하고
울지도 못하고
웃지도 못하고
먹은 밥이 알알이 얹히면서
가슴만 먹먹해 하루가 갑니다.
북한의 가난은 어제 오늘 일이 아니지, 새로울 것도 없다,
먹먹한 가슴을 감상이라 꾸짖고 글이나 쓰자,
나는 작가다 하고 컴퓨터 앞에 앉는데,
몇 시간을 앉아 있어도 씬 하나 온전히 쓰질 못합니다.

굶어 죽는 절대 가난이 어제 오늘 일이 아니면, 외면해도 되는가? 하루 4,500명씩 죽어가는데 새로울 것 없다고 뒤도는, 이 냉정한 마음은 대체 나의 어느 곳에 숨어서 똬리를 틀고 있다, 이리 민망하고 대책 없이 튀어나오나?

감상이란 지나친 감정 상태를 말하는 것인데, 사람이 죽어가는데 맘 아픈 것은 지나친 게 아니라 너무도 마땅한 것 아닌가?

나는 작가다, 그런데, 작가란 사람은 사람이 죽든 말든 오직 제 밥벌이 글쓰기에 몰두하는 그런 사람인가?

내가 한 질문에 내가 답을 찾을 수 없어
그만 쓰던 드라마를 접고, 다시 가슴이 먹먹해집니다.

지겨운 사랑타령이라 할 만큼 사랑이 넘쳐나는 세상에서,
누구는 끼니 한 그릇이 없는 이 세상은,
세상 생명을 키우는 찬란한 오월 하늘이,
누구는 굶주림에 멍든 시퍼런 가슴 같기만 한 이 세상은,
나눠줄 것 없다,
나 살기도 급급하다 하며,
편한 잠자리에서 잠자는, 자가용을 타는 나와 다름없습니다.

어느 날

말로만, 글로만, 입으로만

사랑하고, 이해하고, 아름답다고

소리치는 나를 아프게 발견하다.

이제는 좀 행동해보지.

타일러 보다.

노희경

글은 글이고 드라마는 드라마고 사는 건 사는 거지.
말은 말이고 현실은 그렇지가 않지.
지 나라 사람은 지 나라 정부가 챙겨야지, 왜 우리한테.
지 애는 지가 키워야지, 왜 남한테.
지들이 잘했어 봐라, 우리가 이러나.
죽는 것도 지들이 선택한 것이지.

말을 하면 할수록, 이 말들은,
끼니를 구하는 사람들에게,
백 원에 딸을 파는 그 여인에게,
애미가 용서해라 통곡하며 건네준 밀가루 빵을
내던지지 못하고 먹는 그 여자애에게,
할 말은 아니다 싶습니다.

다시 처음 글을 쓰고자 했던 초심으로 돌아가고 싶습니다.
세상의 모든 아름다운 드라마처럼 살고 싶습니다.

내 오랜 친구들이여,
내 안의 살벌함을
내 안의 이기심을
내 안의 모자람을
내 안의 이중성을
부디 이해해주십시오.
그러나, 이해했다고 해서 멈추라고는 말아주십시오.
한발 더 가라 해주십시오. 한 번 더 행동하라 해주십시오.
남에게 하던 말을 자신에게 돌리라 해주십시오.

이 글을 쓰다 보니, 밤이 새벽이 되고,
새벽이 낮이 됐습니다. 건강하십시오.

우리

변할 때 변하더라도,

사랑하자.

이번만은 안 변할 수도 있다고 기대하면서…

— 꽃보다 아름다워

°女子에게
少年은 버겁다
—〈봄날은 간다〉。

아직도 10센티는 더 클 것 같은 소년 유지태가 이제는 사랑을 조롱할 수도 있을 만큼 농익을 대로 농익은 여자 이영애와 커플이 되어서 러브스토리를 들려준다는 것이 처음부터 나는 억지스럽다고 생각했다. 어울리지 않을 것 같았다. 그리고 내 예상은 적중했다. 둘은 헤어졌다. 다행이다.

이제는 기억도 아련한 첫사랑의 열병을 앓았던 때 나는 더도 말고 덜도 말고 꼭 영화 속 상우 같았었다. 그처럼 유머를 모르고 눈치 없고, 맹목적이고 답답했었다.

지금도 또렷이 기억나는 장면 하나. 눈 오는 날 추리닝에 맨발에 슬리퍼를 신고 그의 집 창문 앞에서 오기를 부리며 떨고 있던 내 모습. 그때 내가 사랑했던 사람도 은수처럼 표독(?)했었다. 꽁꽁 언 발을 번연히 보면서도 그는 끝끝내 제 방으로 나를 이끌지 않았다. 이별에 대한 선전포고를 이미 했으니 그 뒤의 감정 수습은 모두 내 몫이라는 투였다. 당시엔 그 상황이 너무도 서러워 코끝이 빨개지게 울었었는데, 이제 그 추억은 그냥 멋쩍을 뿐이다.

인생을 살면서 절대 잊힐 것 같지 않은 장면들이 잊히고, 절대 용서될 것 같지 않은 일들이 용서되면서 우리는 여자로 혹은 남자로 성장한다. 누구는 그러한 성장을 성숙이라고도 하고 타락이라고도 말한다. 그러나 나는 다만 과정이라고 말하고 싶다.

하루에도 열두 번씩 무조건 어른이 되고 싶던 비린 미성년 시절. 나는 찐한 사랑 한 번에 여자가 될 줄 알았었고 실연은 절대로 안 당할 줄 알았었다. 이제는 그런 내 바람들이 당치 않은 기대였던 것을 안다.

사람들은 언제나 당면한 입장에 서서 상황을 이해하는 생리가 있다. 상우의 나이를 지나 은수의 나이에 서니, 상우보단 은수가 이해되는 것도 그런 의미에서 순리다.

"라면이나 먹자." "자고 갈래?"라고 노골적으로 유혹하는 은수의 말을 이해 못하고 정말 라면이나 먹고, 잠이나 자는 상우는 어쩌면 처음부터 은수에겐 버겁게 순수한 남자였는지도 모른다. 조금은 날긋하게 닳은 여자에게 순수는 반갑지 않다. 순수가 사랑을 얼마나 방해하는지 모르는 사람만이 순수를 동경한다. 사랑이 운명이나 숙명이 아닌 일상의 연장선에 있다고 믿는 대개의 경험 있는 사람에겐(사랑의 열정을 몇 번씩 반복해서 느껴본 사람) 순수는 정돈된 일상을 방해하고 그로 인해 사랑을 좀슬게 한다.

상우의 순수가 은수의 일상을 방해하고 사랑을 버겁게 느끼게 하는 요소는 곳곳에 있다.

늦잠을 자고 싶은데 상우는 제가 한 밥을 먹으라고 재촉하고, 다음날 출근을 해야 하는데 새벽녘 서울에서 강릉길을 한달음에 달려와 포옹을 요구하며, 정식으로 약속을 하고 찾아와도 안 만나줄 판에 술 취해 급작스레 찾아와 철문을 두드리고 소리를 지른다. 게다가 엉엉대며 울기까지. 그 대목에 이르면 은수가 아닌 제삼자의 입장에서도 은근슬

쩍 짜증이 인다. 저만 아프고 저만 힘들지. 어린 남자는 그렇게 이기적이다.

다수의 사람들은 은수가 상우를 선택하지 않은 것이 현실적인 가치기준의 잣대에 의한 것이라고 생각하는 모양이다. 박봉에 초라한 개량한옥에서 사는 홀시아버지와 매서운 시고모를 옆에 두고 치매를 앓는 할머니를 모셔야만 하는, 정말 누가 봐도 최악의 결혼 조건을 가진 그 남자와 연애는 몰라도 결혼은 절대 할 수 없다는 계산이 은수에게 있었다고 말한다.

나는 그 이유에 반박한다.

은수는 그 남자의 처지보다 순수가 버거웠을 것이다. 사랑이 변하고, 권태가 일상이 되고, 키스도 무료해지고, 생계가 치명적인 걸 이미 아는 여자에게 사랑만이 전부인 남자는 부담스러웠을 뿐이다. 이제 이 나이에 "사랑이… 어떻게 변하니?"라고 상우처럼 묻는 남자가 내게 온다면, 나 역시 은수처럼 당연히 그 남자를 피해 갈 것이다. 아직도 사랑이 안 변한다고 사랑이 전부라고(직장마저 그만둘 만큼) 생각하는 남자와 격한 인생의 긴 여정을 어찌 헤쳐 나가겠는가. 은수와 상우의 결별은 그런 의미에서 너무도 다행한 일이다.

드라마를 하는 사람의 입장에서 보면, 이즈음 한국 영화의 눈부신 발전은 그다지 반갑지 않은 일이다. 안 그래도 적은 배우진이 너도나도 영화를 한다고 다 빠져나갔기 때문이다. 기원해서 될 일이라면 한국 영화의 추락을 두 손 모아 기원이라도 할 판이다.

그런 내 기원을 영화 〈봄날은 간다〉는 무참히 만든다. 드라마가 살 길은 영화의 추락이 아니라 드라마의 발전밖에는 없다는 결론이 씁쓸하게 나를 채찍질한다.

°인생은 사랑하고 행복하면,
더는 다른 목적 없이 끝나도
좋은 것。

〈괜찮아, 사랑이야〉를 쓰며 내 맘을 가장 아프게 한 지적은 '사람들을 참 많이 불편하게 하는 작가'라는 말이다. 사실 이 지적은 20년 전 〈세상에서 가장 아름다운 이별〉을 쓸 때부터 들어왔던 말이다. 주인공 인희(나문희 분)의 말기 암을 수술하기 위한 수술실에서 의사 남편 정철이 고작 한 일이라곤 배를 가르고 난 후, '그냥 덮어라'였고, 아내가 피를 토하며 변기를 잡고 울며, '여보, 나 왜 이래?' 할 때도 기껏 안아주는 일뿐이었다. 사람들은 그 장면을 잔인하다 했고, 나는 대놓고 변명했다.

그게 내가 본 인생이에요. 다행이죠, 무너질 기대는 별로 없으니.

다시 한 번 그 변명을 하고 만다.

이번에도 본 대로(과장은 드라마라 자위하고) 썼다. 절대 낮잠을 안 자는데, 글 쓰다 순간이라도 낮잠을 자면 정확히 10분 후, 가위에 눌려 불규칙한 심장박동과 호흡곤란을 동반하며 깨는 내 별스런 신경증, 몇 달 전 급작스레 생긴 언니의 불안증, 친구들의 우울증과 알코홀릭, 수면장애와 식사장애, 공황장애, 방어기제로 인한 인간관계 부적응, 마더 콤플렉스, 가정 폭력과 유년 시절의 트라우마로 인한 갖가지 인격장애, 가족을 잃은 후의 분리불안, 퇴직을 눈앞에 둔 남자들의 공포에 가까운 남성 갱년기 우울증, 여자로서의 인생을 마감하고 새로운 정체성의 혼란을 겪는 여성 갱년기 증후군 등등…….

내 주변은 그렇게 환자와 환자가 모여 떠드는 세상이다. 그리고 그건 상대는 미쳤고, 자신만이 언제나 정상이라고 우기며 충돌하는 세상보다 지극히 덜 위험하고 통쾌하고 감동적이고 재밌다. 환자임을 아니, 치료(굳이 병원을 말하는 건 아니다, 위안받을 수 있는 곳이면, 산이든 바다든 절이든 집이든 성당이든 교회든 학교든 상관없다)받길 당연시하고, 지적받길 당연시한다. 물론, 나를 비롯해 주변인들도 순간순간은 미쳐서(?) 자신들의 병증을 인정 못하고 나는 정상이라며 발악을 할 때도 있지만,

우린 그게 치유 과정임을 알기에 큰 흉을 잡진 않는다.

나는 이 드라마 〈괜찮아, 사랑이야〉를 쓰며 많은 사람들이 제 상처와 남의 상처를 관대하고 자유롭게 보길 바랐다. 우리가 진짜 경계하고 멀리해야 할 대상은 드라마 속의 환자가 아니라, 자신이 늘 정상이라고 말하는 사람, 자신도 남도 다 안다고 말하는 사람, 상처 받은 인간을 나약한 자라고 말하는 사람, 약자를 짓밟고 번번이 승자만이 되려는 사람이 아닐까.

드라마 쓴 지 20년. 작품 쓸 때마다 늘 새로운 걸 추구하는 창작가이지만, 늘 새로울 거 없는 원점이다. 당연하다 싶다. 삶이란 게, 부모님의 임종 직전 마지막 말처럼 진짜 별스러울 것 없는 것일 테니까. 임종 순간 어머니의 마지막 말은 가족 모두를 '사랑한다'였고, 아버지의 마지막 말은 '행복했다, 여한 없다'였다.

우여곡절 속에서도 결국 사랑하고, 행복하면, 인생은 끝나버려도 좋은 것이다.

원망과 질투, 야망과 자격지심과 자책, 교만과 상처는 괜한 감정임을 두 분은 일깨워주셨다. 나는 그분들보다 좀 더 배웠으니까, 글줄이나마 쓰고, 철학도 종교도 공부하는 작가니까, 그분들보다 더 많은, 깊은, 인생의 다른 목적, 비밀을 알게 되겠지 하며 긴 시간 나름 삶을 치열히 버티고 파고 뒹굴었는데, 오십 나이에 고작 그분들만큼만 안다.

인생은, 사랑하면 되고,
행복하면, 더는 다른 목적 없이 끝나도 좋은 것.

쓰는 내내, 여타의 일을 하는 모든 사람들처럼 당연히 중간중간 고통도 불행도 찾아왔지만, 결국엔 사랑했고 종국엔 행복했다.

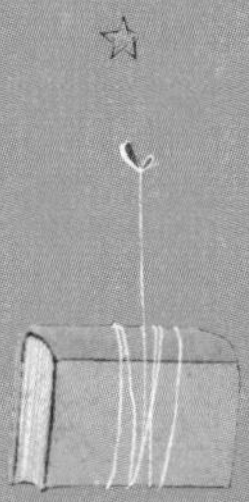

지금 혼자라고 외로워하는 분들,
누군가 당신을 위해
24시간 기도하고 있습니다.
기억하세요.
여러분은 단 한 순간도
혼자였던 적이 없습니다.

— 괜찮아, 사랑이야

◦불륜, 나약한 인간에게 찾아든 잔인한 시험 —〈화양연화〉◦

리첸(장만옥)이 걷는다. 다른 한 방향에서 차우(양조위)가 걸어 나와 리첸을 느리게 스쳐 지나간다. 분명 찰나일 그 순간이 의도적인 느린 속도로 보여진다.

주시하지 않아도, 곳곳에 느림이 있다. 카메라가 느리고, 그들의 걸음이 느리고, 주변의 공기가 느리고, 전개가 느리다. 감독은 계속 느린 화면을 보여주면서 놓치지 말기를 강요하고 서둘러 보지 않기를 강요한다.

느린 화면은 간혹 정지화면과도 같게 느껴진다. 계속된 그 느림 속에서 우리가 본 건 그녀, 그일 뿐 아무것도 없다. 좁은 집의 구조도, 그곳을 장식했던 구조물들도 떠오르지 않는다. 마냥 남자와 여자가 서 있거나 앉아 있거나 걷거나 했을 뿐이다.

사랑이 모든 걸 지배하던 시절이 있었다. 온몸의 촉수가 그를 향해 있던 안타까운 그 시절엔 그가 없는 공간에서도 그의 주시를 받는 것처럼 모든 게 조심스러웠다. 그의 앞에서 눈물을 보인 날은 다른 사람 앞에서도 웃음이 나지 않아 묵묵부답 입을 닫았었다.

그때, 그 지독스런, 견딜 수 없을 만큼의 예민함이 왕가위의 〈화양연화〉를 보는 내내 되살아났다. 하여, 나도 모르게 자꾸 숨이 죽여지고 마른침이 삼켜지고, 아팠다.

사랑이 믿음보다 눈물보다 먼저 요구하는 것, 그것은 대상에 대한 끊임없는 관찰과 예민함이다. 그 예민함과 관찰은 실제의 시간보다 그 시간의 시간을 훨씬 느리고 길게 한다.

왕가위는 그것을 잡아내고 있다.

지금 그가 뒤에 있다, 섣부르게 휘청이지 말자.

리첸은 흙탕길을 하이힐로 걸으면서도 물이 튀지 않게 한다.

좁은 골목 그들이 앞뒤에서 걸었던 시간은 분명 찰나일 것인데, 온몸의 촉수가 그 시간을 마냥 늘어뜨린다. 차우는 고개를 숙인 듯해도 리첸의 걸음걸이를 보았을 것이고, 말하지 않아도 앞서 걷는 리첸의 불안을 느꼈을 것이다. 제자리걸음을 한 것처럼 현실적인 시간과 상관없이 그들은 오래 그 골목을 걷고 또 걸은 것처럼 지쳐 있다. 말하지 않아도 공기로 느끼고, 표현하지 않아도 마음이 움직여 모든 것을 살아나게 한다.

찰나의 시간이 영원 같던 경험은 사랑의 기억 속 어디에서든 쉽게 찾을 수 있다. 대수롭지 않는 전화통화가 이어지다 잠시 그가 말을 멈출 때, 내가 그를 언짢게 한 건 아닌가, 그럴 마음은 없었는데, 그렇게 괜한 자괴(?)의 미궁으로 빠져들던 그 초조의 몇 초 몇 분은 분명 찰나가 아니었다. 우리가 차우의 담배연기, 리첸의 작은 웃음, 차우의 하얀 와이셔츠와 반지르르한 검은 머리, 리첸의 홍콩식 드레스와 마른 손가락, 그 사사로운 것들을, 누가 누구를 사랑했느냐 안 했느냐, 그가 그녀를 안았느냐 말았느냐보다 먼저 기억하는 것은 모두 예민함과 관찰에 주안점을 둔 왕가위 때문이다. 사랑하는 대상, 그와 그녀를 통해서만

자기 확인이 가능한 사랑의 독선 때문이다.

리첸과 차우가 외출을 하고 온 날, 그들은 차 안에서 이런 말을 한다. 누가 우리를 볼지 모른다. 따로따로 가자. 그 말에 아무런 이의 없이 차우가 내리고, 리첸이 간다. 그러나 차가 떠난 골목 어귀엔 도시에 흔한 도둑고양이 한 마리조차 지나가지 않는다. 다른 남자의 아내를, 다른 여자의 남편을 사랑하는 데는 그만큼 철두철미한 외부에 대한 시선이 경계물로 남아 있다. 이렇듯 남의 시선을 의식하는 한 그들은 절대로 결백할 수 없는 처지임에도 불구하고, 그들은 계속해 결백을 주장한다.

리 첸 사람들이 우릴 볼지도 몰라요.
차 우 그러면 어때요, 우린 결백한데.

무엇이 결백하다는 것일까. 그가 그녀를 쓰러뜨리지 않는 것, 그들이 만나서 키득거리지 않고 만지지 않은 것, 피치 못할 사정을 제외하곤 서로가 한 방에 있지 않은 것, 서로가 한 방에 있으면서도 욕정에 휘

둘리지 않는 것, 상대에게 가슴에 맺힌 말, 사랑한다는 고백을 절대로 하지 않는 것.

도대체 그들은 뭐가 결백하다는 것일까. 차우가 회사에 남아 혼자 담배를 피울 때, 우리는 그가 분명 옆집 여자 리첸을 사모함을 안다. 리첸이 흑임자죽을 끓여 그에게 들고 갈 때, 우리는 그 행동이 아픈 옆집 남자에 대한 동정이 아닌, 그리움인 것도 안다. 그렇다면 그들은 분명코 결백하지 않다.

마음을 스쳐가는, 단순한 떨림 그 정도는 용서할 수 있는 사회의 관습에 기대서 그들은 동정을 요구한다. 우리를 용서하소서.

영화를 보는 내내 차우의 아내가, 리첸의 남편이 부러워짐은 리첸과 차우의 고뇌가 너무도 안쓰러운 때문이었다. 아무도 보지 않는데 차우는 왜 리첸을 안아주지 않는 걸까. 아무도 듣지 않는데 사랑한다는 그 흔한 고백 한 번 하면 어때서…. 마지막 영화의 자막처럼 모두 다 지워지고 사라질 추억이면 그 순간 최선을 다해 서로에게 표현해도 상처는 안 될 것인데.

여기에 왕가위의 잘못된 해석이 있다. 왕가위가 자막에 쓴 문구대로라면 이들은 누구에게나(?) 적용되는 망각의 강에 다다르는 것처럼 보인다. 그래서 누구는 앙코르와트 사원의 한 기둥에 차우가 입을 대고 한 말이 '잊어지더라, 혹은 슬픔도 지나가더라'라고 해석한다. 분명 왕가위의 자막에 그 뜻의 해석을 의지한다면 가능한 이야기다.

그런데, 나는 차우가 한 말이 그렇게 깨달은 듯한 문구가 아닐 것이란 생각이 든다. 차우는 굳이 앙코르와트 사원의 기둥을 찾아가 손가락으로 구멍을 확실히 해서 입을 대고 문구 하나를 묻는다. 그 말은 도대체 무슨 내용일까. 추정해본다.

그가 그곳으로 가기 얼마 전, 그는 리첸으로 여겨지는 전화 한 통을 받는다. 거기서 리첸의 목소리는 들리지도 않는데, 그는 얼어붙듯 굳는다. 그녀일 것만 같아서다. 아니다라고 말하지 말자.

리첸은 어떤가, 오래전 지나간 사람의 집 구경을 와서 방문만을 열어보고도 눈물이 그렁하지 않던가. 아픔이 사그라지지 않고 남아 있는 것이다. 나는 차우가 사원 기둥에 남긴 그 말이 '더는 고통스럽지 않게, 다신 이런 고통이 오지 않게' 그렇게 아직은 사무쳐 있는 말일 것만 같다.

고름은 째야 아문다는 말이 있다. 후속편을 보지 않아도 리첸의 남편과 차우의 아내는 헤어졌을 것이다. 고름 같은 사랑을 은밀하고 몰염치하게 즐기며 짜냈기 때문이다. 그러나 차우와 리첸은 어떤가. 그들은 사랑이라는 고름을 그냥 가슴에 채워둔 채, 멍울을 만들어놓은 사람들이다. 때문에 결코 그들의 사랑은 잊히지 않을 것이다. 그들이 그리 된 것은 사회의 관습 때문이다. 그들이 제도에 순종하는 나약하고 평범한 우리 같은 사람들인 때문이다. 우리가 리첸과 차우에게 애정을 준 까닭도 그 때문이다.

몇 년이 지나가도 참아지지가 않아서 눈물을 글썽이면서, 그들은 아직도 결백을 주장할까 생각해본다. 나는 그들에게 결백을 강요한 주변이 마냥 밉다. 내가 만약 그들 곁에 있었다면 그들에게 결백의 집착에서 벗어나라고, 사람들의 편견을 반영하는 말이지만 차라리 타락하라고, 말했을 것이다. 그래서 고름 같은 사랑, 다 짜내고 잊을 수 있게, 정말 잊을 수 있게 했을 것이다.

왕가위의 전작 〈해피투게더〉가 우리나라에서 상영불가판

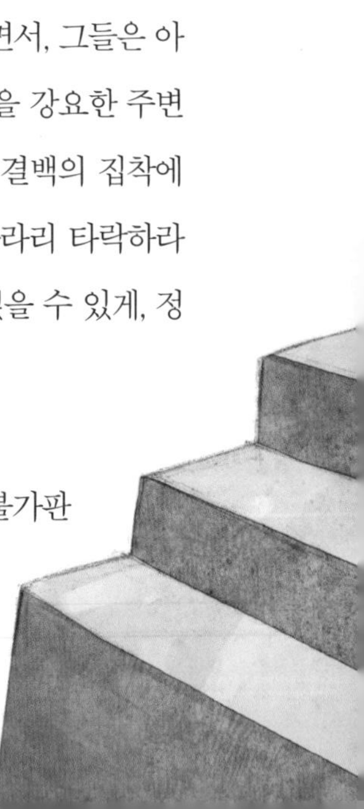

정을 받고 그것의 상영의 가당성과 부당성을 논할 때 지면에서 왕가위, 그의 변을 들은 기억이 있다. 자세한 발언은 잊었지만 대략, 그가 홍콩과 대만과 중국 본토를 주인공에 대비시켜놓았으니, 엄밀한 의미에서 그 영화는 마냥 게이들만을 다룬 영화는 아니라는 이야기였다.

게이들의 영화이든, 국토가 분절(중국의 입장에서 나온 말이겠으나)된 사람들의 상징적 대비이든 이것에 상관없이 난 그 영화의 줄거리에 이끌려 영화관을 찾았다. 그리고 화가 났다. 도대체 야휘와 보영을 누가 만나게 한 것일까. 영화를 보는 내내 나를 혼란스럽게 했던 것, 누가 중국을 대변하고, 홍콩을 대변하고, 대만을 대변하는지 그것보다 더 나를 혼란스럽게 한 것은 바로 그것이었다. 도대체 누가 야휘와 보영을 만나게 했는가? 만나서 사랑하게 했는가? 사랑해서 매달리게 했는가? 매달리는 걸 뿌리치게 했는가? 사랑이 사람의 힘으로 좌지우지되는 게 아니라면 그들의 만남이 애초에 그들이 의도한 것이 아니라면, 서로가 만나서 고통받는 그 대가는 모두 신이 대신 져야 할 짐이다.

〈화양연화〉의 리첸과 차우의 슬픈 만남 역시, 오롯이 그들이 짊어져

야 할 짐이 아닌 신이 함께 나누어 져야 할 짐이란 생각이 든다. 리첸의 눈이 머무는 곳에 차우를 두었던 것도, 차우와 리첸이 오래전 서로가 혼자일 때 서로를 보지 못하게 한 것도, 그들을 서로 사랑하게 한 것도 신의 영향 아래 있기 때문이다.

어쩌면 모든 영화는 인간이 감당하기 어려운 질문들을 던져놓고 그것을 풀어가는 해답의 과정인지도 모른다. 왕가위는 〈해피투게더〉와 〈화양연화〉에서 그 해답을 모두의 결별로 마무리 짓고 있다. 감당하기 어려우니 외면이 상책이었을까. 나라면 어찌했을까. 모를 일이다. 다만, 야휘가 떠나고 좁은 빈 방에서 보영이 답뱃갑을 보며 통곡하던 모습이, 실제가 아닌 이별연습에서조차 아이처럼 울던 리첸이 나는 다만 너무 안쓰럽다.

그래서 빈다. 신이여, 인간에게 너무 가혹한 사랑일랑 내리지 마소서. 그리고 그들의 아픔이 당신의 실수였다고 말하며 위로하소서, 용서하소서.

남의 남자를 사랑하는 것, 남의 여자를 사랑하는 것, 그 외 모든 부적절한 관계. 다수의 사람들은 그 은폐할 수밖에 없는 사랑을 두고 달콤하다거나 자극적이라거나 황홀하다는 표현을 쓴다. 훔친 사과가 맛있다는 고전의 음담패설을 들먹이면서. 나 역시 〈화양연화〉를 감상하기 전, 그 음담패설의 비릿한 자극을 원했는지도 모른다. 그런데, 영화를 보는 내내 나를 갸웃하게 했던 것이 있다. 그들이 웃지 않는 것. 그들이 웃지 않으니 관객인 나도 웃음이 나질 않았다.

내 기억이 맞다면 카메라가 객관적이다 못해 창문 밖으로 빠져 있을 때, 리첸이, 차우가 수줍게 웃는 장면이 딱 한 번 있었다. 두 사람 다 입술을 애써 오므린 채 수줍고, 어색한 표정이었다. 그들은 서로밖에는 주시의 상대가 없는데도 풀어지지 못하고, 활짝 웃지 못하고, 멈칫거린다.

불륜이란 그런 것이다. 남들 앞에서는 물론, 상대 앞에서도 끊임없이 죄의식을 가져야 하는 것, 웃음 한 번 웃는 게 서로의 사랑을 농락하는 것만 같아서 조심스러워지는 것, 그것이 불륜이다.

〈화양연화〉의 OST를 사면 몇 장의 영화사진을 덤으로 준다. 아는 사람이 그것을 가지고 있어, 얻어서 보았다. 그중 한 장의 사진이 눈에 들어왔다. 리첸과 차우의 격렬한 키스 장면을 담은 그 사진은 본 영화 내용엔 없는 장면이었다. 아마, 그 장면을 찍어놓고 왕가위는 붙이지 못한 모양이었다. 그 입맞춤에서의 리첸의 표정이 떠오른다. 그녀는 눈을 질끈 감고, 아프게 울어버릴 것만 같았다. 상상을 더 해보면, 그 입맞춤 뒤에 그녀는 주저앉아 엉엉 울어버렸을지도 모를 일이다. 사랑의 즐거움을 앗아가버린 불륜의 대가를 그들은 받고 있었다.

삭제 컷이 아닌, 상영된 영화의 한 장면에서도 그들이 불륜의 대가를 톡톡히 받는 장면은 있다. 이별연습을 한 날, 그들은 택시 안에 있다. 그때, 리첸이 말한다.

"오늘 밤은 집으로 가지 않겠어요."

그 말은 분명 사랑하는 여자가 그 밤 그의 품에 있겠다는 말이다. 그런데, 그 말을 들은 차우의 눈을 보았는가? 그는 고통스레 눈살을 찌푸린 채 멍하다. 말은 없다. 입을 맞추는 것도, 사랑하는 상대를 품에 안는 것도, 기쁘지 않을 만큼 그들은 고통스럽다. 만난 게 아프니, 만나서 하는 모든 행위가 아프다. 불륜에 고통받는 주인공은 왕가위의 영화 〈해피투게더〉에서도 나온다. 더듬어 생각해보라. 서로를 비웃을 때 말고 그들이 신이 나 즐기며 웃는 장면이 있는지.

내가 왕가위를 좋아하는 이유가 한 가지 있다면, 바로 그것이다. 그가 불륜을 미화하는 것이 아니라, 그들의 고통을 부각해 동정표를 찍게 하는 재주 바로 그것이다. 누굴 동정할 수 있다면, 그렇게 자비로울 수 있다면, 그것은 결코 나쁘지 않다. 돌을 던지는 자 옆에 서서 돌에 맞은 자를 감싸 안는 일, 그것도 영화인과 작가의 역할 중 하나가 아닐까.

사랑이 그의 자유에
빌미가 되지 않게.

노희경

치기스럽지만
안쓰러웠던,
내 청춘을 만나다.

드라마 〈그 겨울 바람이 분다〉는 기획 단계부터 곤욕이고, 혼란이었다. 집필 의뢰를 받고, 원작을 본 건, 순전히 김규태 감독에 대한 예의였다. 그와 나는 그가 무슨 말을 하든, 무조건 '싫다'라고는 할 수 없는 관계이다. 그래서 봤다.

솔직히 말하면, 보는 내내 불편했다. 원작이 있다는 것 자체가 불편했고, 일본 배우들이 너무 연기를 잘하는 것에 묘한 질투심이 나 불편했고, 내가 감응할 수 없는 묘하고도 낯선 일본 정서(?)가 불편했고, '까놓고 드라마'인 작위적인 설정들이 불편했다. 40분물 10화를 다 보고, 드는 생각은 하지 말자였다.

뇌종양에 걸린 눈먼 상속녀, 갓난아이 때 버려진 호스트(〈그 겨울 바람이 분다〉에선 겜블러), 그를 동경하는 후배 호스트, 게다가 돈 때문에 뇌종양을 방치하는 늙은 여집사! '이런, 드라마 같은 드라마라니, 너무나 극적이군, 칫!' 세상에는 이런 극단적인 설정이 아닌, 우리들 일상의 고난이 얼마나 많은데, 만 명에 한 명이나 있을까 말까 한 얘길 내가 왜 굳이 써야 하나! 나는 맘먹었다. 안 쓰리라!

그런데, 인연이 닿으려고 했나, 문득문득 그런 생각이 드는 것이다.

만약 뇌종양에 걸려 눈이 먼 상속녀가 진짜 있다면? 만 명에 하나라도 있다면, 나는 그에게 무슨 말을 해줄까? '그거 별거 아니다, 누구는 하루 20시간 노동에 허덕이는데, 너는 돈이라도 많지 않느냐, 엄살 피지 마라.' 그리 말할 수 있을까? 부모에게 버려지고, 첫사랑이 죽음으로 끝난 호스트를 과연 내가 만난다면, 나는 그에게 '웃기고 있네, 너만 아프냐? 모든 건 변명이다, 똑바로 살아! 어디서 투정이야!' 과연 그리 말할 수 있을까? 진짜 혼란은 이때부터였다.

나는 내 어머니, 아버지, 형제, 동료들, 나와 시대를 함께 사는 평범한 이들의 고단함은 어느 정도 이해할 수 있다. 그런데, 조금만 극단적으로 흐르는 인물들에 대해선, 가차 없는 칼을 휘두른다. 성실하니 불성실을 이해 못하고, 지독히 모범적(?)이라 일탈을 용서 못한다. 내 밑에서 큰 조카들조차(그들은 20대다) 그래서 내가 무섭고 불편하다지 않는가? '이모가 고모가 싫진 않지만, 틀린 것도 아니지만, 우린 그래서 당신이 편치 않아.'

드라마는 인간이다. 작가는 무엇보다 인간에 대한 이해가 우선이어야 한다. 늘 그리 말하면서, 실상 나는 내가 이해할 만한 인간만 이해하는 수준은 아닌가? 만약 그렇다면, 얼마나 편협한가. 이게 꼰대구나 싶었다. 내 잣대(분명, 내 잣대인데, 가끔은 이 잣대가 세상의 보편을 말하는 양 생각할 때도 있다)에서 조금만 벗어나도, 나는 손톱만큼의 이해가 없구나! 자문했다.

뇌종양에 걸린 시각장애인, 부모에게 버려지고 첫사랑도 잃은 겜블러. 극단적인 인물을 이해해낸다면, 보편적인 인물은 이해하기가 더 쉽지 않을까? 세상사가 그런 것처럼. 나는 쓰기를 작심했다. 원작을 뛰어넘고 말고는 관심 밖이었다. 이들의 처지를 온몸으로 공감하는 게 목적이었다. 이후, 작품을 쓰는 내내 나는 스토리를 만드는 것보다 내 가치관과 싸우는 게 더 힘이 들었다. 극의 갈등은, 극단적으로 흘러야 긴장감이 도는데, 그 당위를 찾는 과정은 진흙탕 싸움 같았다.

그냥 지가 죽지, 왜 남의 돈을 노리고, 사기를 쳐! 뇌종양에 걸려도 희망을 가지고 살아야지, 왜 죽음을 생각해! 왜 저만 아파, 얘들은 신문도 뉴스도 안 보나, 왜 지들 문제에만 코가 빠져 있나! 사랑하면 그냥 사랑하지, 대체 뭐가 문제라 괴로워!

그러다 실오라기를 발견하듯 찾아낸 건 내 지난 청춘의 시간이었다. 나는, 그때 분명 나만 아팠다. 엄마가 생계에 나자빠져도 나는 당장 친구들과 술 한잔할 돈이, 골방에서 필 담뱃값이 필요했다. 나는 그때 뭐든 극단적이었고, 그래서 내 삶은 드라마틱했다. 가출, 끝없는 죽음에 대한 유혹과 때론 시도, 사랑을 농락하고, 기만하고, 그래서 나도 다치고, 상대도 다치고, 상처만 가득했던 시간들. 극단적이고 드라마틱한 인생을 나 자신도 살아낸 것이다. 만약, 그 시간이 나에게 없었다면, 지금의 나는 결코 없었으리라. 그렇게, 현재의 나와, 과거의 내가 끝없이 얘기를 나눠야만 한 줄이라도 쓸 수 있었다.

내가 봐도, 이 드라마는 마흔 후반의 작가가 쓴 글 같지 않다. 이십대 후반, 서른 초반의 작가가 쓴 글처럼, 치기스럽고 괜히 뜨거우며 서툴기 그지없다. 나는, 그래도 이 드라마를 쓴 걸 후회치 않는다. 아주 간만에, 치기스럽지만 안쓰러웠던 내 청춘을 만난 까닭이다.

사람이 사람한테 줄 수 있는 건
용서가 아니라,
위로야.

— 그 겨울, 바람이 분다

드라마는 왜 꼭 재미있어야 하나。

사람들은 드라마 작가로서 내게 불만이 많다. 대부분 그들의 불만은 이유가 있다. '노희경의 드라마는 머리가 아프다, 재미가 없다, 대중성이 없다, 흥행성이 없다.'

맞는 말이다. 공감한다. 그런데 왜 난 그들의 말을 따라줄 수 없는 걸까. 그건 내 드라마관이 그들과 다르기 때문일 것이다.

사람들은 흔히 드라마란 대중을 위한 오락 프로이며, 재미가 있어야 하며, 보고 나선 잊어도 좋은 것쯤으로 생각한다. 물론 그럴 수도 있다. 하지만, 그렇지 않을 수도 있다.

나는 시청자뿐만 아니라 작가들조차 그렇게 생각하는 이유에 대해 묻고 싶다. 왜 드라마는 반드시 가벼워야 하는가? 그것이 드라마의 존재 이유라고 누가 감히 말할 수 있는가? 확언하건대, 그건 편견이다. 드라마는 대중이 아닌 소수의(낮은 시청률 10퍼센트만 계산해도 400만인데, 그걸 소수로 볼 수 있을지는 의문이지만) 것일 수도 있고, 재미의 시간이 아닌 고민의 시간일 수도 있으며, 일회성이 아닌 영원성을 지닐 수도 있다.

얼마 전 어른 한 분이 내게 일본 드라마 단편 극본집 한 권을 주었다. 나는 일본 드라마에 대한 심한 편견(우리나라 작품들이 끊임없이 모방하는 대상 정도로만 생각했다)을 가지고 있던 터라 그걸 묵혀만 두었다.

그러다 어느 한 날, 남아도는 시간을 때울 요량으로 책을 펴 들었는데, 그때 그 기분을 뭐라고 설명할 수 있을까. 흥분과 전율이 일었다. 그곳에 실린 글들은 우리가 흔히 생각하는 드라마의 범주를 크게 벗어나 있었다. 진지한 철학이 있었던 것이다. 그들은 트랜디와 액션, 코미디, 섹슈얼리즘, 그 사이에 철학(일례를 든다면, 영화 〈우나기〉의 질문 공즉시색 색즉시공의 질문 같은)을 포함한 드라마를 가지고 있었던 것이다.

그런데 우린 어떤가? 전부는 아니라 해도(분명 전부는 아니다), 대부분의 드라마가 트랜디와 코미디로만 흐른다. 그것도 우리 식, 내 식이

아닌 어디서 본 듯한 어디서 들은 듯한 것들이 천지다.

작가란 단어를 풀이하면 '만드는 자'란 뜻이다. 다시 말해 창조하는 자란 뜻이다. 창조를 하지 않으면 그는 작가가 아니다. 글을 '본떴다'고 하는 것은 '훔쳤다'란 말과 다르지 않으며 따라서 훔친 드라마는 드라마가 아니다. 그건 도둑의 장물과 같다.

나는 우리나라 시청자들만큼 불쌍한 대접을 받는 사람들이 없단 생각을 종종 갖는다. 작가들과 방송국은 그들을 멸시한다. 그들은 시청자를 이렇게 평가한다. "초등학교 고학년에서 중학교 1, 2학년 수준. 코미디를 좋아하며 같은 얘기를 또 들려주어도 모르는 멍텅구리. 깊이는 절대로 강요하지 말 것. 3분 정도는 웃겨주고, 3분 정도는 대충 감동 비슷한 걸 만들어줄 것. 꿈을 좇는 사람들이 많으므로 신데렐라, 캔디, 콩쥐 캐릭터는 필수."

나는 내 형제가, 내 친구가, 나 자신조차 이런 대접을 받는 걸 참을 수 없다.

가끔 출판사에서 전화가 온다. 그들은 내 비위라도 맞추려는 양 이렇게 말을 한다. "노희경 씨는 소설을 쓰셔도 될 것 같아서…."

마치 드라마보다 소설이 한 급 위인데, 소설을 쓸 급수에 든다는 투다. 그럼 나는 그 말이 채 떨어지기도 전에 언성을 높이게 된다.

"나는 드라마 작갑니다. 때문에 소설을 쓸 생각이 없습니다." 탁!(전화 끊는 소리).

진정한 민주주의는 다양성을 인정하는 사회다. 그렇다면 아직 우리나라의 방송 현실에서 민주주의는 없다. 어제도 오늘도 나는 강요받았었다. 남들처럼 재미있게. 죄송하지만 사양한다. 나는 드라마의 다양함을 추구하는 작가이고 싶다. 그래서 획일화되는 드라마의 구조를 조금만 흔들 수 있다면 내 도리는 한 것이다.

하지만, 이번 원고에서도 나는 욕을 먹을 것이다. 시청률 제로에 도전하는 작가? 밥줄이 끊길지도 모를 일이다.

•10년 후 다시, 그 뒤의 이야기•

앞의 글을 읽는데 식은땀이 난다. 내가 10년 전 이렇게 위험한 생각을 가지고 있었나 싶어, 입 안마저 바짝 탄다. 이 글이 인터넷에 떠돌며 내가 가르친 학생(후배라고 해야 맞다)들이 읽고 얼마나 혼란스러웠을까 싶은 게, 책을 내는 이 마당에 이 글을 확 지우고 단 한 번도 이런 말을 한 적 없다고 시침을 떼고 싶은 심정이다.

그런데, 그래선 안 되겠단 생각이 든다. 사람은 누구나 어리석게 생각할 때가 있고, 세월이 흘러서 혹은 새로운 경험이 생겨서 그것이 어리석었다고 깨달을 때가 있고, 나도 그랬다고 말하는 게 중요한 일이겠다 싶다.

요즘 나는 드라마는 반드시 가벼워야 한다고 생각하진 않지만 가벼운 게 좋다고 생각한다. 나는 앞의 글을 쓸 당시, 가벼움을 '깊이 없다'로 착각하고 있었다. 가벼움의 반대말은 무거움이요, 깊다의 반대말은 얕다인데, 가벼움의 반대말은 깊다로 착각하고 무거움과 깊다를 동의어로 착각해서 벌어진 해프닝이다. 드라마는 왜 꼭 재미있어야 하느냐는 질문에도 나는 요즘 이전과 다른 생각을 가지고 있다. 드라마는 꼭 재미있어야 한다. 굳이 재미없는 걸 이 재미없는 세상에 쓸 필요가 있나 싶다.

물론 재미에는 여러 종류가 있다. 슬픈 재미, 아픈 재미, 서글픈 재미, 배우는 재미 등등. 어른이라면, 아니 청소년기라 해도 재미가 깔깔대는 것만은 아니라는 것은 다 알 법하다. 위의 글을 쓸 당시에도 나는 그런 생각을 가지고 있었는데, 너무 격해서(앞의 글은 〈거짓말〉을 막 끝냈을 때인데, 그때 나는 나름대로는 자중한다고 생각하고 있었지만, 지나고 보니 아프지만, 그때만큼 내가 교만한 적은 없었다, 이제야 인정이 된다), 본래 하고자 한 말을 못하고 이상하게 말이 꼬였던 거 같다.

소설 출판 제의를 받은 부분에서도 나는 위에서처럼 그렇게 말해서는 안 되었다. 제의를 해준 사람에 대한 예의가 아닌 것이다. "고맙지만, 저는 드라마 쓰는 게 더 좋습니다."라고 말했어야 했다. 뭐한다고 성의를 가지고 제의해준 사람한테 화를 내나. 참 어이없다 싶다.

'본떴다'는 말을 '훔쳤다'고 매도한 부분도 사과해야겠다. 우리는 누구나 본을 뜬다. 나는 내 어머니를 본뜨려고 참 애쓰고, 내가 존경하는 스승을 본뜨려고도 무지기 애쓴다.

모방은 창작의 어머니란 말이 괜히 생겼겠나. 모방은 나쁘다 할 수 없다. 나는 다만 '패러디와 표절의 차이'에 대해서만 말했으면 됐다. 패러디란 겉모습은 본떴으나, 작가가 새로운 해석을 불어넣은 것이고, 표절은 작가가 새로운 해석 없이 다만 베끼는 데 목적이 있는 걸 말한다.

재해석을 하든 표절을 하든 그건 작가 스스로의 몫이다. 뭐가 나쁘다 좋다 할 게 없다. 다만 표절을 하면 표절작가란 소리를 들음 된다. 그리고 대부분 표절작가에겐 작가로서의 자격 박탈이 주어지니 그걸 달게 받을 일이다.

사람들은 요즘도 내게 말한다. 남들처럼 재미있게. 그러나 나는 이전처럼 사양한다고 소리치지 않는다. 다만 '배우겠습니다'라고 말한다. 내가 가진 장점이 있다면 그걸 가진 채 다른 사람의 장점을 배우는 자세가 내 것만을 고집하는 것보다 더욱 소중함을 알아차린 때문이다. 누굴 위해서? 나를 위해서.

시간이 가서 지난날의 내 글을 보는 맛이 참 쓰다. 부끄럽고, 때론 너무 여렸구나, 그 여리고 어리석은 탓에 세상 살기가 고단도 했겠구나, 괜한 연민도 생긴다. 그러면서도, 생각이 변하고, 사람이 변하고, 마음이 변하고, 다 변하는 것이구나를 알아가는 게 참 좋다.

10년 후에 난 또 이 글을 보고 무엇을 느끼려나.

기대가 된다.

두려움 때문에

지금 이 시간도 놓치는

미련한 짓은 하지 말아요.

난 요즘이 젤 행복해요.

당신이 있어서...

— 우리가 정말 사랑했을까